O PONTO

O PONTO
pedaços de
Jefferson Schroeder

LETRAMENTO

Copyright © 2019 by Editora Letramento
Copyright © 2019 by Jefferson Schroeder

Diretor Editorial | **Gustavo Abreu**
Diretor Administrativo | **Júnior Gaudereto**
Diretor Financeiro | **Cláudio Macedo**
Logística | **Vinícius Santiago**
Designer Editorial | **Luís Otávio Ferreira & Gustavo Zeferino**
Assistente Editorial | **Giulia Staar & Laura Brand**
Revisão | **Alessandra J. Gelman Ruiz**
Foto de capa | **Fabio Audi**

Todos os direitos reservados.
Não é permitida a reprodução desta obra sem
aprovação do Grupo Editorial Letramento.

Dados Internacionais de Catalogação na Publicação (CIP) de acordo com ISBD

S381p	Schroeder, Jefferson
	O ponto: pedaços de Jefferson Schroeder / Jefferson Schroeder. - Belo Horizonte : Letramento, 2019.
	156 p. ; 15,5cm x 22,5cm.
	ISBN: 978-85-9530-326-3
	1. Literatura brasileira. I. Título.
2019-2091	CDD 869.8992
	CDU 821.134.3(81)

Elaborado por Vagner Rodolfo da Silva - CRB-8/9410

Índice para catálogo sistemático:
1. Literatura brasileira 869.8992
2. Literatura brasileira 821.134.3(81)

Belo Horizonte - MG
Rua Magnólia, 1086
Bairro Caiçara
CEP 30770-020
Fone 31 3327-5771
contato@editoraletramento.com.br
editoraletramento.com.br
casadodireito.com

Grupo Editorial
LETRAMENTO

Às minhas avós Irene e Lindalva

A vó Irene cuidava de mim quando eu era bem pequeno. Passava talco no meu pescoço antes de eu ir para a escola, fazia cajuzinho e deixava em umas bandejas na sala, caminhava comigo de mãos dadas para comprar salsicha na rua de cima, gostava de fazer novenas, me ensinou a rezar e voltou para o céu quando eu ainda era criança.

A vó Lindalva chegava bem à noite depois de viajar até o Sul, e eu acordava para vê-la chegar. Me recebeu em sua casa quando eu era adolescente, e moramos só nós dois por 11 anos. Ela gostava de fazer pudim de leite condensado, ficou feliz quando gostei muito da primeira vez em que ela fez patê de salame, e não entendia por que eu não gostava tanto de bacalhau. Sempre dizia que queria estar viva até me ver encaminhado profissionalmente. No hospital, quando cheguei, ficou tão feliz que teve forças para arregalar os olhos e apontou para a televisão dizendo que tinha me visto.

•

Agradeço à editora Letramento, por
lançar meu primeiro livro.

Ao Marcus e à Suelen, que intermediaram
todas as conversas com a editora.

À Alessandra, que revisou meus textos
mantendo o que meu coração quis dizer.

À Shana, que leu comigo tudo várias
vezes antes da publicação.

À Diana, que me ajudou.

Aos meus pais, por valorizarem os livros.

Aos meus professores.

A todos aqueles que me apoiaram neste projeto.

A você que está lendo esta página,
ou pulou para começar logo.

O PONTO

O ponto **15**

aDeus **16**

Perdi minha chave **18**

Baleia **20**

A órfã **21**

Ventos imperfeitos **22**

Certezas **23**

Eu te recíproco **25**

Pele **26**

Seu nome de alguns **27**

Não pode chorar **28**

Reticências **29**

Duas mulheres **30**

O único lugar **31**

Opala **32**

Chocolates **33**

Onde dois ou três se movem a orar, com eles estarei... **34**

No elevador **35**

Amendoim **36**

Maquetes do grande disfarce **37**

Pão **39**

Nem sei que título dar, tava ruim demais **40**

Meu amor pela internet **41**

Hoje em dia está na gaveta **42**

Ouvindo a conversa ao lado   43

Conselho   44

?   46

Ônibus genealógico   47

Saudades feitas de vento   48

No sonho o voo sai antes   49

Tomada   50

Eu e a Bia, filha da Mari   51

Bom dia   52

Talvez   53

Alegrias expostas   54

Quem sou eu   55

Eu devia ter ido pra lá   56

Tio   57

O meu texto mais poético   58

- 60
- 61
- 62
- 63
- 64

Saudades dos títulos?   65

A humanização dos humanos   66

Sobre as possibilidades de cura   67

Uma oração para permitir que algo aconteça   68

Lágrimas involuntárias   70

Metrópole   72

O eu que habita em mim   74

Guardiões do futuro   76

Texto   78

Não sai de moda   79

Jeito de escrever   80

Eu não estava bem nesse dia, só pode   81

Um trecho   82

Curtas   83

O homem que caiu   86

Permissões de êxito   89

A natureza é matemática   90

Trotes   92

Hilda Furacão   93

No metrô   95

Halloween   97

Jack   98

Uniforme   101

O cadeado   102

Nosso amor em um outdoor   104

Bafafá (de horas) no mercado   106

Mãe e pai   108

Por onde Deus está   113

Curvas   114

Pinta   115

Noiva   116

Preciso comprar Vanish   118

Sorte	**120**

Sincronicidades	**121**

Maestro das energias	**122**

O amor não tem hierarquia	**124**

Se minha mente fosse um diário	**125**

Saudades da minha alegria	**126**

O que você pensa é o sussurro deles	**128**

Um guarda-chuva de nuvem	**129**

Frestas	**130**

Meu caderno	**131**

Sobre a sinceridade	**132**

Dois pontos	**133**

Fim?	**135**

DOIS PONTOS

A mulher azul	**140**

Yasmin	**142**

A primeira vez depois da última	**144**

Vida	**146**

Aquário de rodas	**148**

Com amor	**149**

Desacompanhados	**150**

Te toco	**152**

•
O PONTO

O ponto

Ninguém acredita no que diz. Ninguém.

Tenho visto o mundo dessa forma. As pessoas falam mais do que sentem, e eu me incluo nisso também.

Por algum motivo, não suportamos o silêncio e sempre preenchemos as pausas com falas criativas. Somos artistas da improvisação.

No fundo – e digo fundo porque parece longe –, na beira, somos o silêncio, as pausas, o não saber. Ali está o cerne, a fonte. Temos as palavras para dar conta de algo que não é conta, que não é definido. Ter ódio, amar, desistir, tudo parece tão claro e objetivo. Mas o que pode ser objetivo em um mundo em que as palavras vieram bem depois?

Alguns poetas conseguiram tocar os silêncios manobrando palavras, reajustando, resignificando. Somos o não saber e não moramos nas falas, nem no que pensamos e fingimos. Não temos raiva, nem alegria, nem lucidez e nem loucura. Somos esse estado constante que nenhuma palavra define.

Somos o espaço entre o querer falar e o som da voz. Somos o meio termo, um termo sem meios. Somos nenhuma palavra. Somos o ponto que faltou aqui

•

aDeus

Nasci com saudades de mim.

Vivi como alguém que não se identificava com o próprio nome, nem com o próprio lugar, nem com o ar, nem com os sons.

Achava a realidade muito falsa, e as grandes emoções, muito artificiais. Às vezes, me imaginava em um assalto, com uma arma na minha cabeça, e aquilo não era nada. Eu não sentia nada.

Não entendia pessoas que choravam em velórios, e até ensaiei um choro quando minha avó faleceu. E fiquei feliz por quase desmaiar no velório do meu avô.

Fato é que sempre achei a vida mais arte que realidade. E, no meio disso tudo, fui perdendo a fé. Via pessoas dizendo que Deus queria coisas que eu achava ridículas. E eu, como alguém que não tinha medo de nada, já que tudo era filme, optei por não gostar também Dele, o Criador adorado por pessoas tão perdidas.

Com saudades de mim, cresci ouvindo desde cedo que perto dos 28 anos, o retorno de Saturno revira seu coração, dá um nó, e depois volta mais liso e leve que antes. Chegaram os 28 e nada. E os 29 e quase nada. E os 29 e meio...

E uma onda veio e se transformou em um abandono, daqueles que sempre achei que não fosse acontecer comigo. Olhei para mim e não queria mais ser eu. Queria me largar. Minha personalidade, minhas relações, meus muros. E me peguei descrente. Eu tinha sido um descrente, era isso. Vivi anos de alegrias distantes, não sofria e nem sentia porque não tocava na vida, pela descrença. Não toca. Até entendia que escritores e gênios e pintores tocavam na vida. Mas como?

Eu era então alguém que tinha se afastado da fé e acreditado nas bobagens que diziam sobre tudo, e que o que diziam era mais real que aquilo que gerava o dito. E falo isso agora com todo o medo do quanto piegas isso sempre me pareceu.

Fui então me espiritualizar. Pessoas de fé, claro, pareciam tão iludidas! A natureza espera por um reconhecimento, e eu nem sabia. Como quando, em uma oração, esses dias pensei que poderia ficar em silêncio, já que Deus saberia o que eu queria dizer. E depois pensei que não, que é preciso ser exato. E consciente. Como uma troca. Te deixo claro e me clareias. A natureza te dá a vida e então espera o reconhecimento. Como algo que diz: "Você sabe o que te faz sentir isso? E o que te permitiu viver isso agora?". E se você merece, você cresce.

Mas se você cresce antes, acaba merecendo e sentindo e tocando. E então, os dias já são menos arte, e a arte é mais vida. E as árvores te sentem, e o ar, e o som de um violino. E os olhos, e a pele, e os pelos. E os caminhos, e os acasos.

E vó, você que mãe foi, e eterna será, só não chorei naquele dia porque ainda não entendia a falta. Nem que morte também dói. E que tudo é lindo. E que Deus, enquanto no colchão você me acalmava em cantos "Mãezinha do céu, eu não sei rezar...", está com todos nós. E que espera reconhecimento e troca. Te dou a vida. Reconheça. Viva. E eu te viverei contigo por onde desejares. E por onde eu também te desejo.

Amém.

Perdi minha chave

O porteiro da noite, uma vez, me pediu um copo das Olimpíadas que viu nas minhas mãos. Subi pensativo, segurando o copo. Passaram-se três dias e eu fiquei lembrando dele dizendo: "Não quer me dar um copo desses pra eu guardar de recordação?". Na terceira noite, dei o copo. Ele sorriu.

Hoje, semanas depois do copo, entrei no Uber e me dei conta de que tinha perdido minha chave de casa. A chave reserva tinha ficado dentro do meu apartamento. Voltei para a festa em que eu estava, procurei mas não achei no chão. Liguei para o Uber que peguei à tarde e ele já estava dormindo. O outro Uber que peguei não me atendeu. Mandei mensagem para meu amigo que fez a peça a que fui assistir, cogitando ter caído no meio da plateia, mas nada.

Cheguei no meu prédio e nenhum chaveiro me atendeu. O que respondeu cobraria 120 reais para abrir minha porta, mas tinha que ser em dinheiro, e eu estava só com cartão. Até no hotel do outro lado da rua eu fui para saber o valor da diária, mas estava lotado. Decidi, então, sentar na portaria e esperar amanhecer. Com o dia, iria sacar dinheiro e procurar algum chaveiro para abrir minha porta.

O porteiro do copo estava ali, como todas as madrugadas em que chego. Sempre sério, um dia fez algum comentário bem-humorado enquanto eu esperava o elevador. Agora, por causa do copo, já não éramos mais desconhecidos. Ele se levantou para pegar uma cadeira para eu sentar e me contou sobre o sofá que tiraram dali, de como eram os moradores de antigamente, das coisas que já viu enquanto estava ali sentado com os olhos virados para a rua escura.

Eram 22 anos sentado ali. Quando começou naquele prédio, eu tinha 7 anos. As horas foram se passando, talvez umas duas horas, e ele falando sem parar. Pensei que poderia estar me entretendo, para meu tempo passar mais rápido, ou talvez aproveitasse minha companhia naquela sua vida solitária de porteiro da madrugada, ou talvez ele fosse assim desde sempre. Eu olhava para o joguinho do meu celular enquanto ia ouvindo suas histórias. Quanta coisa um porteiro passa, eu nem sabia! Com 22 anos de portaria, ele disse: "Será que você não deixou a chave na sua porta?".

Subi esperançoso. Desci. Precisava voltar para apertar a mão dele. Quando a porta abriu, ele estava descrente. Chacoalhei a chave. Ele nem se mexeu. Fui andando até ele com um sorriso de quem poderia dormir sem pensar em chaves.

"Precisava descer para te contar. Estava lá. Bem que você falou. Pelo menos, assim, eu te conheci melhor. Boa noite!"

Boa noite.

•

Baleia

Um dia vazio pode levantar muitas ideias tristes.

Enquanto uma mente parada elabora culpas e castigos, uma baleia nada com seu filhote do outro lado da Terra, uma criança derruba um sorvete a algumas quadras dali, uma rosa desabrocha em um jardim de uma casa de madeira em uma fazenda onde mora um casal de idosos, um pássaro cai de um fio elétrico em cima da rua rachada por falta de chuva, um pintor termina seu quadro...

Silenciar pode fazer o mundo parecer apenas seu e o futuro dos dias estar em suas mãos. Acostumados a ouvir que fazemos por merecer e que tudo depende de nós, acabamos nos tornando um Deus de nós mesmos, um Deus de natureza perfeita e de conquistas, que cresce sem falhas e alcança sem tentativas. Então, todas as falhas parecem culpas, e todos os não-passos se tornam castigos.

Acreditamos que o passo é mais importante que a perna, mas a perna está ali, e só de estar já é possível ser um êxito. Quando sentimos que estamos perdendo, é um bom sinal, pois isso comprova que estamos no jogo. Estar no jogo é fazer parte do time, que marca ou não marca pontos, mas que tem as melhores intenções e está em quadra.

Quando algo dá errado, é um bom sinal, mostra que você está tentando, acreditando que é possível, enfrentando, seguindo em frente, andando.

Silenciar e sentir a vida, o todo, o além da necessidade de se ver evoluindo. Tentar e ver o que já está acontecendo. A tentativa. As.

•

A órfã

Minha mãe e minha tia foram passear. Agora recebo uma mensagem da minha mãe, me dizendo que elas estão trazendo uma amiguinha do Lar das Crianças e que querem ir ao cinema com ela.

Fiquei curioso com a ideia. Pensei: "Mas pode trazer uma criança de orfanato pra passear e dormir em casa?".

Quando chegaram com a menina, muito fofa e madura, ela me contou que queriam ver o filme "O lar das crianças peculiares", que já vi e achei chatinho. Pensei: "A menina deve se interessar pelo tema". Mas, para presenciar a alegria da menina e estar junto, fui.

Na conversa com a criança, enquanto estávamos no carro indo para o cinema, eu fui observando a menina e perguntando sobre sua vida, com muito cuidado para não falar de casa, pai, mãe... E ela espontaneamente me contou sobre a irmã que estava fazendo intercâmbio e sobre a casa e os pais dela.

Fui então conferir a mensagem que minha mãe havia enviado anteriormente no meu celular. Resultado: confundi tudo. Junto com a mensagem embaralhada da minha mãe, estava assim: "Sua tia está levando uma amiguinha para casa / Do Lar das Crianças / Vamos ao cinema ver um filme?".

E vou falar o quê? Agora verei novamente esse filme chato, gigante, com uma menina que não é órfã.

Nota: o filme era legendado. Fomos só lanchar.

•

Ventos imperfeitos

Somos cobaias de nós mesmos. Experimentos particulares.

Criados na maior parte com a melhor intenção, crescemos imunes à perfeição, envenenados pelos detalhes. Quando a gente fica grande, percebe que, no meio de todas as células, entranhadas no meio do corpo já desenvolvido, colônias de defeitos e traumas parasitam nossos pensamentos e ações. Vencem mais os que têm mais defeitos, os que enxergam e lutam contra as próprias imperfeições. Ficam para trás os perfeitos, os que se veem de forma grande e vendada.

Todos são defeituosos, os imperfeitos naturais e os falsos perfeitos. É natural da espécie ter travas e amarras, ter medos e boicotes. Vence quem se observa, quem não se aceita como é. Dos piores defeitos entre os defeitos, está o ponto final, a conclusão, o aceitar que se é de um jeito e basta. Nas maiores grandezas estão os que se observam, os de sinceridade pensada, os espontâneos controlados. Ser sincero não é não ter freios, nem agir por impulso. Ser sincero confunde com ser uma coisa só, seguir um único pensamento, uma vontade apenas.

Ser grande e ser inteiro, aceitar o todo dentro de si e se observar, criticar-se sem se colocar para baixo, ser crescente, ser defeito. Descobrir os consertos, mexer por dentro, e ser um concerto de emoções de ventos imperfeitos.

•

Certezas

Em uma época, por um bom tempo, tentei ver a vida de um jeito mais seco. É o que é e ponto.

Me irritava com essas indagações sobre para onde vamos depois de morrer, falar sobre inveja, premonições. Ficava pensando que todo mundo queria ser meio sobrenatural e que, então, qualquer um se enganaria dizendo que era sensível e intuitivo.

Mas depois, comecei a ver que tinha algo no ar. No ar mesmo, entre mim e você. Algo que não dá pra ver, como quando a gente olha para uma pessoa na rua e, sem querer, do nada, essa pessoa vira e olha para você. Você sente quando tem alguém olhando e pensando sobre você. Ou quando a gente pensa muito em alguém e, naquela mesma semana, você encontra aquela pessoa. Ou quando você se lembra de alguém e logo essa pessoa fala com você. Energia. Talvez essa seja uma boa palavra.

Alguma coisa existe e a gente não sabe definir, talvez nem deva definir, mas existe. Talvez esse nada seja o mesmo nada que faz uma semente virar uma árvore milenar, um ovo que faz crescer uma tartaruga secular, que nada pelos mares, certa de onde vai.

Nós somos os mais perdidos, sempre inventando teorias para tudo. Convicções. Como talvez este texto aqui. O fato é que alguma coisa tem e não sabemos o que é. Algo perto do silêncio, do vazio, algo que vive naquele segundo quando alguém aparece na sua cabeça, quando uma lembrança vem, quando você se arrepia.

Treinar os abraços, os afetos, não compreender o mundo de uma forma racional e contextualizada. Alguns vieram, passaram como todos, deixaram alguma mensagem que eles captaram mais além. Foram embora. Depois, outros comuns tentaram teorizar suas visões, deturparam. Nenhum apóstolo alcançaria o que Jesus sentia. Nenhum estudioso entenderia o que Clarice Lispector via.

Nenhum eu, nenhum você veria com olhos de gigantes. Mas todos, sem exceção, de um assassino a um filantropo, sabemos o que é um abraço ou a falta de um. A ausência de um amigo. O poder de um amor. Os ares continuam. Os ventos avisando. Os olhares se abrindo pela manhã. As oportunidades se renovando. Somos grandes fora de nós. Somos pequenos dentro de nossas certezas.

•

Eu te recíproco

Só é amor quando é recíproco, foi o que pensei um dia, não querendo cair em relações sem retribuições.

•

Pele

Converse um pouco com a minha avó sobre corpo humano e logo ela vai te perguntar qual é o maior órgão do ser humano. A pele.

Aprendeu isso em um curso de massagem. Deslizava sua pele em outra pele. Agora enrugada, já não desliza mais. É ela que reveste, que protege, que cobre, tão fina e delicada, segura rios de sangue, de pulsações, corações. Esses que batem agitados com o toque de uma pele especial, que saltam com a lembrança de uma pele, que se fecham para peles específicas e que esquentam os tremores da pele no frio.

Pele que se livra ao notar o fogo, pele que se torna os olhos dos cegos, a forma no escuro, que se arrepia com um mau pressentimento. Ela, que tirada da natureza com suas cores de terra, foi arrancada à força de sua beleza para se tornar apenas três: branca, preta e amarela.

Ela que surge em uma barriga, em trilhões de barrigas, que transforma o prazer em gente, que reveste crianças e ingenuidades. Culpada pela própria riqueza, acabou virando carma, castigo, azar. Ela que definiu de berço escravos arrancados de seus tetos, de peles arrancadas, cortadas, que definiu judeus encurralados, que caiu gelada em câmaras de gás.

Culpada pelos próprios filhos, responsabilizada. Pele que em um abraço salva um dia inteiro, salva uma vida, pele que com o toque acalma e cura, que com suas texturas, bocas, suscita paraísos. Pele que cobre gênios, bichos, tapete de pelos, de camadas grossas para nadar no gelo, de confundir leões. Ela que se multiplica para ver crescer suas criações, sem pensar em formas e pressas, generosa com todos que respiram.

Pele, ela que sem querer fazer sentido, apenas gostaria que todas as suas peles estivessem unidas como uma pele só.

•

Seu nome de alguns

Me disseram que os nomes que ganhamos carregam uma história. Como um carma, um acumular de coisas boas e ruins que se entrelaçam nas letras que formam nosso nome.

Quando foi a primeira vez que disseram seu nome? Quem teve a primeira ideia do seu nome e gostou do seu somar de letras? Quando fingiram ter seu nome, ou precisaram ter seu nome para poder continuar? E agora, enquanto falamos nisso, quantas crianças são batizadas com seu nome? Quantas vozes agora dizem seu nome em alto som ou em pensamento?

Na psicologia, existe uma parte que fala sobre o investimento que os pais têm ao nomear um filho. A escolha do nome carrega, então, uma força oculta pela comunhão daquelas sílabas específicas. Uma numerologia.

O que já foi feito em seu nome? Quantos no mundo já tiveram seu nome, ou têm, ou terão? Seu nome não é apenas seu. E, mesmo que você fosse o primeiro a ter esse nome, talvez em breve outra pessoa recebesse as mesmas letras. O que está acumulado no seu nome? Quantos abraços ganharam de alguém com nossos nomes, quantas vidas passaram nas mãos destes, quantas marcas deixaram no mundo?

Seu nome pode ser um baú do passado em constante acúmulo. Quantas limpezas devem ser feitas, qual a responsabilidade de ter esse nome, quantos pesos eles trazem, quantas bênçãos. Qual a importância do nome?

Se com ele não somos apenas qualquer um, se com ele ouvimos quando somos nós, se em grande parte da história do mundo ele sempre esteve nos seres, nas coisas, nos cartórios, força deve ter.

Honre e viva seu nome de alguns.

•

Não pode chorar

A gente como homem é criado para ser um boçal.

Desde pequenos, somos estimulados a não chorar porque somos homens, a brincar de tiros porque somos homens, a ter várias namoradas na escolinha antes de saber o que é gostar de alguém.

Quando a gente cresce, tudo isso está na gente. Para o ator, é pior ainda, porque ele precisa ser livre por dentro para poder sentir todas as vidas que a profissão propõe. E o não chorar da infância permanece como uma lei, um cadeado de emoções. Fazer rir, fazer peças, filmes, novelas, estão em um lugar da exposição, do se expor para alegrar alguém, de fazer pensar se possível, de conseguir um sorriso em um dia em que isso parecia impossível...

Sou esse cara que se diverte vendo sorrisos, descobrindo pessoas e abrindo cadeados que me trancaram sem a minha permissão.

Reticências

Por algum motivo, algumas pessoas não duram apenas minutos nas nossas convivências, mas nos conquistam por alguma razão.

Às vezes, uma opinião, o tipo de humor, a força de um abraço, de um aperto de mão, difícil saber por que, no meio de tantas pessoas, algumas poucas se mantêm vivas todos os dias, se tornando parte de tudo. É como se combinassem. Combina comigo, não combina com você. Combina com você, não comigo. Como aquele grupo que a gente olha e não tem vontade de conhecer. Lá, eles todos se dão bem, se fazem bem. Aqui, parece que não se encaixam. Mas lá de dentro, são essenciais e têm sua razão.

Tenho na minha vida pessoas que são tão importantes, outras que tiveram importância e depois se apagaram, combinaram pelo tempo que deviam, ou talvez não eram do para sempre. Algumas continuam, renovando os perdões, readaptando os olhares.

Amo meus amigos, que existem independentemente dos silêncios, das estradas que afastam, dos dias cheios do que fazer. Amo por não me sentir sozinho, por ter com quem dividir, por ter quem lembrar e convidar. Amo por terem abraços abertos, por terem ouvidos limpos, por terem palavras desenvolvidas. Amo por não serem descuidos e sim cuidados, carinhos invisíveis, estruturas de afeto. Por admirar de uma forma, de muitas. E assim alimentam as reticências.

•

Duas mulheres

Hoje vi duas mulheres serem atropeladas: uma à tarde em Botafogo e uma à noite na Glória.

•

O único lugar

Eu, na fila da bilheteria do cinema, escolhendo um lugar mais pro fundo. Pensei: "É sempre melhor mais pro fundo!".

Chega um senhor em uma cadeira de rodas, todo empolgado, pra ver um filme. Diz o nome do que quer ver e pergunta para a moça da bilheteria em que sala será a exibição daquele filme. Pensei: "Nem sei da diferença das salas".

A moça mostra todos os lugares disponíveis para pessoas que podem andar, e a única opção para ele encaixar sua cadeira de rodas. E ele, tristinho, pergunta: "Só tem na fileira A"?

•

Opala

Eu estava sozinho, à noite, com medo de andar em Botafogo. No escuro, voltei pelo caminho que estava fazendo a pé e decidi parar um táxi. Atravessei a rua enquanto alguns carros vinham com pressa. O táxi parou, entrei. Era um carro muito antigo, muito grande por dentro, com bancos de couro marrom. Elogiei o veículo para o senhor magro que o dirigia e perguntei se ele aceitava cartão de crédito, porque talvez eu estivesse sem dinheiro.

Enquanto eu conferia a carteira e falava da possibilidade de ter que sacar dinheiro para pagar a corrida, ele disse que não tinha como passar cartão, mas que se eu não tivesse dinheiro, não teria problema. Falou que eu talvez tivesse algo para trocar pela corrida. Olhei dentro da minha mochila e só tinha coisas de criança, chupeta e algum brinquedo.

Na carteira, encontrei, no meio de notas pequenas, uma amassada de 50 reais. Pensei: "Deve dar". Estávamos indo para Santa Teresa, eu ia ver uma palestra do Ariano Suassuna. O taxista comentou, sem saber para onde eu ia, que tinha buscado o Suassuna havia pouco tempo, e contei que estava indo vê-lo. Ele sorriu.

Eram 9 horas, perguntei se eu estava atrasado e ele disse que achava que sim. Nisso, virou o volante para a esquerda e foi na direção de uma árvore de galhos finos, que poderia parar seu carro. Acelerou e a árvore entrou debaixo do táxi. O carro sacudiu para passar. Acho que era um Opala. Atrás da árvore, havia uma escada. Que começamos a subir com o carro! Os pneus da esquerda foram passando nos degraus e os da direita subiram em cima de um corrimão, uma cerca de ferro marrom muito alta. Falei meio sem fôlego: "Vamos cair...". Ele sorriu novamente, o carro se ajeitou na escada, e subimos.

Naquela noite, coloquei som de pássaros cantando em um rio para dormir e acabei sonhando com o anjo que levou Suassuna.

Chocolates

Estou no mercado e escuto:

Ele: Kopenhagen!

Noto dois funcionários ajoelhados arrumando as prateleiras de biscoitos e bolachas, cada um de um lado do corredor, um homem e uma mulher, distantes um do outro, falando alto:

Ela: Kopenhagen?! Não! Isso não é presente. Presente de Dia dos Namorados tem que ser uma coisa que ela vai olhar daqui a uns anos e pensar: "Este é o presente que eu ganhei de Dia dos Namorados em dois mil e alguma coisa". Chocolate ela vai comer e acabar, nem vai se lembrar que ganhou presente.

Ele: Mas ela sabe que eu sempre dou presente de Dia dos Namorados. O que eu dou então pra ela?!

Ela: Por que você não dá uma cesta do Boticário?

Ele: Perfume? Mas perfume ela vai usar e um dia vai acabar também!

•

Onde dois ou três se movem a orar, com eles estarei...

A arte e a plateia. O teatro.

"Onde dois ou três se movem a orar, com eles estarei." Eu ouvia isso e pensava: "Por que precisa ter mais de uma pessoa para que Deus esteja presente?". Essa frase era de uma música que eu ouvia às vezes.

Na história do teatro, há o estudo de desvendar suas origens, e uma delas, a mais forte, é sobre os rituais, onde dois ou três se movem a orar. Agora, vendo um vídeo em que um violonista toca na rua e uma espectadora bailarina tira seus chinelos e começa a dançar, entendo que Deus já estava ali, no violinista, na bailarina, mas, principalmente, no tirar de chinelos para o dançar da oração.

Quando a conexão da dança se fez com as cordas do violino, ela e ele juntos oraram e dançaram e foram puros na ingenuidade divina que existe em uma canção, em uma dança, na arte. "Contigo estarei", pois estou contigo e sou cordas de violino por onde você dança quando se conecta com os meus em movimentos de ações divinas.

(Sobre o video: *Ballerina from Palestine could not resist the melody of a street musician in Italy*)

No elevador

Entro no elevador do prédio dos meus tios. A mulher que já estava lá me pergunta:

Mulher: Você mora aqui no prédio?

Eu: Não, minha família é que mora!

Mulher: Quem são?

Eu: Ah, Sonia, Antonio, Giovana, Eduardo...

Mulher: Qual o nome do marido da Giovana?

Eu: Não, Giovana é minha prima. Ela e o Eduardo têm 20 anos. Os adultos são meus tios, Sonia e Antonio.

Mulher: Mas qual o nome do marido da Giovana?

Eu (*desistindo de explicar*): Antonio! (*Falei o nome do meu tio*)

Mulher: Ah, pensei que era Eduardo! (*Oi? O Eduardo é irmão da Giovana!*)

Pausa.

Mulher: Pois é, eu estou querendo saber onde fica o consultório da Giovana. Quero fazer um serviço no meu dente...

Silêncio constrangedor.

Amendoim

Uma vez, recém-chegado ao Rio de Janeiro, eu estava com meus amigos em um bar quando um rapaz chegou vendendo amendoim. Colocou um pouco em um papelzinho sobre nossa mesa e fez isso em outras mesas.

Eu não queria comprar, mas entendi que aqueles amendoins na nossa mesa eram amostras e que eu poderia comer. Comi.

O rapaz voltou e me perguntou se eu iria comprar. Falei que não. Ele me olhou muito irritado e perguntou novamente se eu não iria comprar. Falei que não. Perguntou por que, então, eu tinha comido o amendoim da mesa. Respondi que achei que era para comer, que eram amostras. Ele me olhou irritado e saiu do bar. Muito irritado.

Um pouco depois, também fui embora. Chegando ao ponto de ônibus, lá estava ele, parado, no escuro. Fiquei com medo, mas esperei meu ônibus. Ele veio até mim e disse: "Amigo! Desculpa? É que as coisas não andam bem!".

Me deu um abraço e eu também me desculpei pela minha falta de educação.

•

Maquetes do grande disfarce

Quando eu era criança, costumava amenhecer no computador jogando um jogo que imitava a vida. Em uma de suas versões, eu podia fazer magia da seguinte maneira: juntando três elementos, eu teria um resultado que não sabia qual seria.

Hoje, mais adulto, começo a suspeitar de que a vida é realmente assim. Você deve juntar três elementos aleatórios para conseguir um resultado inesperado. Dessa forma, aquilo que você realmente quer pode estar dividido em três elementos, não aparentemente ligados ao seu objetivo.

Digamos que, para você conseguir um bom trabalho, você precise ajudar uma pessoa que te pediu dinheiro para comer, pedir perdão para a sua mãe e jogar fora um lixo que está voando pela rua.

Um amigo meu me disse que talvez o destino não seja da forma que eu imagino. Conversávamos sobre os gênios conhecidos pelo mundo e os desconhecidos. Falei que a natureza dava um jeito de divulgar ideias importantes, vindas de pessoas que o universo gerou com cuidado e com um objetivo claro. Meu amigo disse que talvez fosse uma questão de sorte, e que muitas ideias boas ficaram desconhecidas em gavetas.

Em outro jantar, comentei com uma amiga que tenho a impressão de que a vida está dentro dos objetos e que a matéria é usada apenas para camuflar a força da vida, para que o homem não perceba o truque. Como uma possível explosão de energia que acontece dentro da barriga de uma mãe grávida, ou como um rompimento de magia que existe embaixo da pedra onde a natureza se disfarça de nascente.

Ela compreendeu. Chamou os corpos de hospedeiros, como se a natureza fizesse aquilo... Como chama quando um ser se aproveita de outro para existir? Simbiose. E chamou minha atenção para meus pelos e veias. Eu nunca tinha pensado nisso: que assim como a terra, existe o corpo, e assim como as árvores saem da terra, existem os pelos que saem dos corpos, e as veias de sangue, como os rios. Os ventos de floresta, nossos pulmões.

Pequenas maquetes do grande disfarce.

Alguém disse, e isso chegou até mim, que Deus era uma força tão grande que não teve estrutura para permanecer imóvel. Sua força de vida era tão violenta que rompeu a matéria, como uma bomba atômica. E que, então, a Terra era resultado desse não se suportar, como se fôssemos resultados da explosão.

Primeiro fez-se a luz. Mas antes a bomba.

Talvez, se o destino for uma questão de sorte, eu poderia sair do lugar onde moro, parar de trabalhar com o que trabalho, deixar todas as pessoas que conheço para trás e conhecer novos destinos. Talvez existam mais destinos em outras casas e países reservados para mim e que nem tudo já esteja desenhado. E que mais pessoas incríveis aguardam destinadas aos diversos caminhos possíveis da minha própria sorte.

No cartaz de um filme, estava escrito: "Cuidado com o que você deseja". Talvez signifique: "Tenha disposição para viver o percurso daquilo que você pediu".

•

Pão

Sonhei que estava em uma rua e ouvi um barulho. Olhei para o lado e vi rolando um pão muito grande, de um metro, mais ou menos. Olhei para cima, e eu estava em frente a um restaurante. Da janela, vi uma mão jogar outro pão gigante, que caiu perto de mim. Era de cachorro-quente e veio um cheiro bom de pão. Logo, apareceu um funcionário do restaurante e comentei sobre os pães pela janela. Ele disse que sabia, mas que estava esperando jogarem o próximo para identificar quem estava fazendo isso.

Explicação da internet: se você sonha com um grande pão, isso anuncia uma fase de abundância, riqueza e prosperidade.

De onde vem o sonho: ontem fui a um restaurante e pedi um cheeseburger. Quando o sanduíche chegou, estava em pão de forma, desses fatiados. Comentei com o garçom, que disse que o pão "certo" tinha acabado, que a cozinha não avisou, e que eu poderia cancelar meu pedido. Mas falou de um jeito indiferente, com cara de que eu estava vendo problema onde não tinha.

É engraçado que, às vezes, um detalhe do seu dia marca a sua mente e você nem percebe. Por causa do mau atendimento no meu jantar, agora posso aguardar boas coisas que vêm por aí.

Obrigado, garçom, pela indiferença. Graças ao seu cheeseburger, terei uma fase de abundância, riqueza e prosperidade.

•

Nem sei que título dar, tava ruim demais

Ontem, no restaurante, no balcão de massas:

Eu: Acho que vou pedir um crepe... Não. Acho que vou pedir uma massa mesmo.

Mulher (que faz as massas): Olha, muita gente pede a massa e depois deixa tudo no prato, na mesa. Então, acho que o melhor pro senhor seria pedir um crepe mesmo!

Eu: Mas por quê? É ruim a massa daqui?

Mulher: Eu não sei o que é, mas deixam. Não comem. Não sei se não gostam, se não é o sabor que imaginavam que ia ser...

Eu: Tá... Mas... Tá! Eu vou querer a massa! Quero esse macarrão. Pode colocar esses queijos, presunto...

Mulher: E o molho?

Eu: Quatro queijos!

Mulher (olhando para o molho): Olha... Esse molho está meio esquisito. Ele não é assim não. Ele é branco.

Eu: Pode ser o outro então, o vermelho.

Mulher: Pronto! Você escolheu bem, vai ficar bom!

Levei o macarrão até a mesa onde meus amigos estavam.

Leo (olhando para o meu prato): O que é isso que você pediu? Uma pizza?

Meu amor pela internet

Confesso que, às vezes, dá vontade de sair e apagar tudo de vez. Até porque existe essa possibilidade. Ninguém é "obrigado a nada. A nada!". E é engraçado que quem espanta são os reclamões, aqueles que fazem post de que estão fazendo "limpa no Face", como se ter alguém em alguma página fosse algo valioso.

São aqueles que não gostam de Pabllo Vittar, aqueles que reclamam do bafo de alguém que você não sabe quem é, do cheiro de suor da axila que alguém cravou nele no metrô, ou dos que não gostam de BBB. Quem se importa? Afinal, é só sair e ir ler um livro, igual ficam lendo nas redes sociais. São as próprias pessoas que reclamam é que fazem o espaço ficar chato.

O fato é que a internet é muito legal. Tem muita gente boa, textos interessantes, raciocínios, fotos, pinturas, músicas que alguém tocou agora do outro lado do mundo e acabou de sair pelo seu computador. Tem como ler Shakespeare ali no Google, tem como saber da Síria em alguma página, tem como ocultar histórias de quem você não gosta, tirar quem não combina com você, tem como favoritar seus amigos preferidos, aquelas pessoas que escrevem para seu coração. Tem como ler algo que vai mudar sua forma de pensar para sempre.

Afinal, tem muuuita gente legal por aí, e muitas delas estão também na internet pensando, escrevendo, pintando, fotografando, criando, ajudando gente, limpando natureza, tentando fazer peça de teatro, cantando, mostrando a voz, a cara, a educação que teve de pai, de mãe, de pais, de mães, de escolas, de vida.

Quando alguém estiver olhando para um celular enquanto você fala, pode ser que esse alguém esteja lendo um poema enquanto você reclama de algo, como a falta de contato entre as pessoas.

•

Hoje em dia está na gaveta

Dentro da loja de aparelhos auditivos com a minha avó, uma senhora conversa com a secretária:

Senhora: E agora, quando eu volto para a manutenção do aparelho?

Secretária: Então, a senhora colocou hoje. Agora eu vou agendar para o mês que vem um horário. Pode ser no dia 13?

Senhora: Dia 3?

•

Ouvindo a conversa ao lado

Mulher: A minha manicure fala "criente"! Já falei pra ela que não é assim, que o certo é cliente.
Minutos depois...
Mulher: E esse trânsito aí na frente, será que é uma "britz"?

Conselho

Se eu fosse lhe dar um conselho, começaria dizendo para você sair de perto dessas pessoas que geram uns "climas" dentro de você. Existem relações de amizade, de namoro, de família que dão sono de viver. Depois de fazer isso, a vida vai te recompensar e você vai perceber que demorou muito para tomar essa atitude.

Não se culpe, para não trocar a dor de antes por uma culpa de agora. Sua cabeça sempre vai estar tentando derrubar você, pelo menos no começo. Talvez porque você tenha crescido vendo as pessoas tendo pena de quem chora e incomodadas com quem ri demais.

Você provavelmente foi criado para fracassar. Em alguns picos de alegria, você vai tentar se frustrar. Pode sentir uma melancolia naquele dia em que tudo tinha que dar certo ou provocar uma briga depois de muitas horas de paz. O fracasso treinado faz parte.

"Domine seus atos ou eles o dominarão", isso serve para relacionamentos profissionais e amorosos. Nos amorosos, o discurso é sobre a sinceridade. Assim como confundem democracia com liberdade de opinião, confundem sinceridade com falta de autocontrole. Partindo desse princípio, você vai manter firme por alguns anos a imagem de que ser sincero é bonito, e então, toda vez que estiver contrariado, você vai falar sem filtros o que está pensando. E, pior, quando estiver apaixonado vai dizer tudo o que pensa achando que relações são filmes da *Sessão da Tarde*, em que alguém corre na chuva e pega a pessoa pelo ombro bem na hora do embarque do avião. Sendo assim, vai esquecer que damos valor quando não temos muito e pode gastar um *eu te amo* até o outro não suportar o fato de ser tão amado e sentir que não tem espaço para demonstrar o mesmo. No meio dessa relação, você vai estar tão disponível que, depois de muito tempo, não vai mais conseguir ter uma imagem importante de que você é independente e que pode sumir a qualquer momento. O amor da sua vida pode ser de outra vida.

Na educação de pai e mãe, existem valores que serão importantes para sempre e você vai perceber a falta disso em muitas pessoas, principalmente naquelas que não respeitam hierarquias. Hierarquias são importantes para organizar as coisas. Mas cuide para não acreditar em títulos, nem em posturas. Por dentro deles não há nada de diferente. Ainda sobre os pais, você poderá melhorá-los com afeto, assim como muitas situações em que esse sentimento possa parecer a última solução. Mas provavelmente será a melhor e a mais nobre.

No seu trabalho, lembre-se sempre de que o que você faz não é um favor e que tudo exige um pouco, ou muito, da sua disposição. Isso faz parte. E que a sua vida é infinitamente melhor do que a de muitas pessoas.

Sobre a vida, ela é teimosa. Pode querer chamar sua atenção quando você parar de dar atenção para algumas coisas. Faça isso. Até para alguns desejos muito fortes. Desloque seu ponto de vista.

Sobre seu tamanho, imagine uma bala de um revólver. Você é desse tamanho. E sua pele é muito, muito fina. Quando algo for dito perto de você, na rua, escute. Aquilo pode ser para você. Mesmo. Faça o exercício de pedir informações para quem você menos pediria, e você vai se surpreender.

Digo a você também que a vida só lhe mostra o que você merece ver. Então, expanda a sua fé. "Nem tudo o que reluz é ouro", e olha o que já fizeram por causa dele. Se você faz o bem, fique seguro; afinal, sentir-se bem é o que mais desejamos, e, ao mesmo tempo, o que mais tememos viver.

Viva bem e fique firme. Uma hora você se acostuma.

•

?

Entro no vagão do metrô e, junto comigo, sobem uma mãe com duas filhas:
A pequena: Já chegou?
A maior: Não. Nem saímos do lugar ainda.
A porta do vagão se fecha.
A pequena: E agora?

Ônibus genealógico

Agora, enquanto digito, estou dentro de um ônibus indo para São Paulo. Deitado na última poltrona, viro comissário de bordo. Abro a gaveta de água para uma mulher que fala em espanhol, e que leva os dois últimos copos d'água.

Depois, uma menina vem, fala que está com sede, e me pergunta como abre a gaveta, e eu digo que não tem mais água.

Agora vejo uma criança iluminando com a lanterna do celular embaixo das poltronas, procurando algo. Chega até aqui no final do corredor e fica um tempão tentando abrir a gaveta, e me pergunta como abre. Fala em espanhol. Deve ser filha da primeira. Falo que não tem mais água e ela volta lá para a frente.

Agora, quando chegar na parada, vou comprar sucos e refrigerantes e colocar na gaveta. Vou ganhar um dinheiro pelo meu serviço de bordo.

Chegarei em São Paulo às 4 horas da manhã. Estou de cinto de segurança aqui no fundo, está muita turbulência. Tempo bom em São Paulo.

A moça acaba de entrar no banheiro pela segunda vez. Espero que esteja bem.

•

Saudades feitas de vento

Hoje, conversando com minha mãe, lembrei da minha avó. Sou péssimo de saudades, minhas saudades são estranhas, um sentimento que sempre quis entender no meio da minha vontade de ficar sempre na minha.

Mas, falando dela hoje, me lembrei do cheiro de flor, dos vestidos estampados, do colo, do chuchu cozido e quente, das orações. E me vieram saudades feitas de vento que passaram por mim e me fizeram querer voltar e captar toda a sensação de um dia inteiro com ela, dos detalhes dos quais não me lembro mais, que minha cabeça de infância não gravou.

Aqui, no meio do caos da cidade grande, senti saudades de você, vó. Com a mesma sensação que senti falta do sol no meu colchão, dos pássaros cortando o silêncio da tarde, das suas flores de leão que abriam como bocas. Lembrei de você.

E no meio das minhas saudades estranhas, pude sentir pela primeira vez saudades fortes de alguém que já se foi. E quando me perguntei onde você poderia estar, pensei que você está aqui, em mim, nos meus olhos e no meu orar, no silêncio e nas minhas lembranças que guardaram o melhor das recordações e viveram o melhor no todo, no crescer.

Espero te ver um dia e visitar o lugar onde os bons de amor vão bem cedo para não sofrerem o caos e não desgastarem suas personalidades de porcelana.

•

No sonho o voo sai antes

Eu estava subindo as escadas de um aeroporto que não sei onde fica, quando encontrei, sentada nos degraus, uma menina que tinha estudado comigo. Ela sempre foi uma das mais bonitas. Tinha muitos dias que, acordado, não encontrava com ela. Meses. Nunca fomos muito próximos. Mas, no meio daquelas escadas, eu fiquei surpreso. Nós não tínhamos malas e nem íamos viajar. Fiquei sem entender por que ela chorava tanto. Era um choro de muita dor, que não a deixava levantar.

De manhã, contei o que tinha acontecido para a funcionária da minha tia. Falei que tinha sonhado com essa menina que havia estudado comigo e que ela estava chorando muito na escada de um aeroporto.

Talvez tenham se passado uns dois dias, quando eu soube pela minha mãe que o pai dela tinha morrido.

Contei do sonho, e minha mãe, cética até, falou de o aeroporto ser um lugar de passagem, de viagem. Eu não tinha pensado nisso.

Essa foi a primeira vez que vivi algo do tipo.

•

Tomada

Giovana: Viu o livro que estou lendo?
Eu: Qual é o livro?
Giovana: *A magia da tomada*.
Eu: Qual?!
Giovana: *A magia da tomada*!
Pensei: Acho que nunca ouvi falar...
Giovana: É do Shakespeare!
Pensei: "Tomada? Deve ser tomada de 'retomada', de pegar territórios..."
Eu: Do Shakespeare? Tomada?
Giovana: Hã? O que você entendeu?!
Eu: *A magia da tomada*.
Giovana: Não! *A megera domada*!

Eu e a Bia, filha da Mari

Eu: Bia, quantos anos você acha que eu tenho?
Bia: Dez. Você está grande!
Eu: Dez? Eu tenho mais que isso!
Bia: Hum... 1,99?

Bom dia

Chegando na casa da minha avó, vejo uma mulher subindo a rua de mãos dadas com uma criança.
Eu: Bom dia!
Mulher: Bom dia!
Entro na varanda, abro a porta e escuto da rua:
Criança: Pra quem ele deu bom dia? Homem chato!
Mulher: Ele deu bom dia e aí você tem que responder "bom dia"!

•

Talvez

Talvez livros, CDs, DVDs e canetas sejam do mundo e, por isso, quando emprestados, não voltam mais para as mãos do seu dono.

Talvez seja errado deixar um livro fechado ou um CD calado.

Talvez os filmes tenham que estar sempre se mostrando para novas pessoas.

E as canetas? Talvez sejam do mundo para que as ideias não fiquem só na imaginação e possam talvez virar livros, músicas e filmes.

Pois talvez a arte não seja uma necessidade pessoal, mas um presente para o mundo.

Talvez...

Alegrias expostas

Um dia, concluí que julgamos alegrias expostas.

Se uma pessoa em um restaurante, por exemplo, der uma risada alta e duradoura, talvez seja julgada como mal-educada. Mas, se em um lugar, uma pessoa estiver chorando, respeitaremos a sua dor.

"Essa pessoa deve estar passando por sérios problemas", pensaremos.

•

Quem sou eu

E, depois de um tempo, comecei a admirar quem se definia como "quem sou eu". Pois "quem sou eu" é um bom começo para muitas definições.

Quem sou eu para dizer que alguém é vazio?

Quem sou eu pra dizer o que é amor?

Quem sou eu pra saber quem é Deus?

A gente fala mal... Porque não está bem... Porque não está ocupado...

Quem sou eu pra saber se aquela pessoa que é amiga daquela outra não tem valor?

Se não me acrescenta, não quer dizer que não acrescenta ao mundo. E a gente erra.

E quem sou eu? Pra dizer, pra pensar, pra concluir. Pra piorar, pra ter certeza de algo...

Quem sou eu?

E vou, e sou, e errando sigo...

•

Eu devia ter ido pra lá

Eu me questionei se deveria sorrir por algum motivo, ouvir uma música feliz, pensar em alguma coisa que não fosse a tragédia de Santa Maria. Estava com o pensamento fechado, com o sorriso guardado, com o humor atrasado.

Pensei que deveríamos ficar de castigo por dias, todos, refletindo para não deixar passar batido mais uma tragédia. Que deveríamos parar de rir por alguns dias. Que deveríamos evitar a distração.

No meio de tantas mensagens no Facebook, vi uma falando sobre carma e mortes coletivas.

O destino se aproveitando de uma irresponsabilidade humana? Deus quis assim? Ninguém iria querer.

Somos esses seres que não investem em hospitais, em escolas, em portas. Somos esses seres que querem o dinheiro fácil. Investir pouco e lucrar.

Que esse seja um dia em que todas as pessoas que abrem suas portas para festas repensem suas estruturas. Que esse seja um dia em que todos pensem bem antes de acender uma chama. Que seja um dia para valorizarmos nossas leis, nossos limites, que não existem por acaso.

Naquele dia, nós todos morremos. Perdemos pessoas que poderíamos conhecer nas nossas vidas, que alegravam vidas, que tinham sonhos, que fariam coisas pelo mundo. Pessoas que ficaram presas no escuro da fumaça, tentando enxergar com os mesmos olhos que você está usando agora, respirando com esse nariz que você, que eu, ou que aquela pessoa que você não gosta está usando agora.

Perdemos uma mãe aos quatro anos de idade, perdemos o amor da nossa vida, aquele melhor amigo, perdemos um irmão, perdemos aquela amiga que estava na dúvida se a roupa estava boa para ir à festa. Nós estávamos lá, você e eu, gritando para respirar por aquela porta que não alcançamos.

Tio

Ainda parece tão distante! Eu olhava para tudo sem conseguir acreditar que era verdade. Depois, pensei que não acreditamos no que vemos porque a verdade não está nos nossos olhos, mas onde você está agora: lá onde moram os sonhos, o amor, as saudades.

Veio de você e da tia os maiores amores e amigos que eu e meu irmão temos. Você sabe, tio, quando seus filhos nasceram, foi como se eu tivesse virado pai também. Vi, então, que o amor é infinito. Hoje o imaginei falando com todos nós, com seus olhos verdes marejados, colocando em palavras mais um momento como você sempre fez.

No Natal, quem será que vai me pegar de amigo secreto? Era sempre você. Obrigado por gerar nossos amores. Obrigado por cuidar de mim com palavras.

A nossa Gi sempre me contou e eu sempre fui grato por isso, e isso sempre teve muita força para mim, e ainda tem. Continuaremos com você em nós. Agora, você pode morar pelos rios e pelas árvores, pelos pássaros e por todas as canções que embalaram seu coração.

Agora você volta para onde a vida renasce, onde a beleza é pura luz. Voe alto, voe grande, mais uma vez. Nossos aplausos daqui bem pertinho de você.

•

O meu texto mais poético

E aqui uma pausa.

Meu mundo é dilatado. Parece que dentro só tem iguais a mim, fazendo o que eu faço. E fora, são bem poucos os que fazem diferente e que giram o mundo nas outras funções.

É cômico que logo o que faço não tem tanto cabimento ou serventia para muitos. E logo os menos que eu, que me rodeiam em quase nenhum, que tentam ditar o que a maioria do que vejo deve fazer e dentro do que vivo.

São tantos nós que só vejo a gente. E, no cinema, vejo a gente, e na rádio, nos fones, e no correr de tanta gente. Estava deitado agora e levantei em um pulo. Primeiro comecei pensando em dedos bem finos e leves e no prazer que poderia existir ali. E imaginei tão leves que supus um prazer brutal de contraste.

É o terceiro texto que escrevo em horas de cafeína. Depois, quase pisando no sonho com o outro pé, me vi ali, bem perto, e depois achei que aqueles dedos eram muito poucos. Poucas mãos que vejo. E vim em um pulo escrever que meu mundo é dilatado para não perder a ponta da corda.

Mãos que vêm do fundo, vitória-régia e sonho vindo. Eu estava dormindo quase. Uma reta e as pontas abertas, me chamou a atenção isso no texto. Que as pontas da corda são reticentes, sempre podem ir mais para lá ou mais para cá, disse o ponto de vista.

Já pensei em seu olhar em preto e branco para ver se detecto seus olhos e me aproximo das suas palavras. Nada em vãos. Corre o novo, por onde aquele se afogou, mas as margens depois de erguidas permanecem intactas a ponto de o som ser preciso em sete passagens.

Raízes seguram, roxas vitórias. É o sonho que chega, invade o chão do quarto, como a água barrosa do filme mais perfeito, mas não o meu preferido. Abraço a coberta mais macia que de costume e penso em um final para o texto, mas os dedos dessa não eram leves, mas compridos.

Mãos de piano, minha mãe, as minhas mãos. Venho de um mundo de diferentes, sonho no meu mundo dilatado, onde todos são como eu, e o resto aparenta quase nada. Tanto mundo desconheço, tantos sem pudor que toco quando sonho. Dedos leves, minha metáfora dilatada. Eu estava quase dormindo.

•

Antes, eu achava que silêncio era uma coisa só e ponto. Um não.

Depois, percebi que o silêncio era um infinito. De loucura.

Agora, descubro um novo silêncio. Um silêncio que camufla coisas. Um camaleão escondido.

Se antes o silêncio me fazia entender o que ele queria dizer, depois achei uma fonte de elucubrações. Nem geração concreta de sentidos. Especulações. Certezas supostas. Milhares de eus e de eles.

Agora vejo que no silêncio moram ramificações que se perdem por falta do som, que se transformam por suposições e proteções. Um guardado de densidades. Caminhos latentes.

Mova silêncios e descubra o que eles guardam. Novos olhares sobre, desembaraços de afeto, lugares infinitos.

Atrás do opaco ver das sombras.

•

Estou atendendo pessoas em uma loja em que não trabalho. Eu estava arrumando as coisas na prateleira daqui enquanto minha tia comprava lá dentro. Chegou uma moça e me perguntou o preço da cesta de chocolate, que estava em cima de uma prateleira. Peguei a cesta e disse o preço.

Então, chegou outra moça e perguntou se na outra cesta havia castanhas. Repeti o que a atendente disse há pouco para a cliente. "Nessa tem castanhas e nessa não. Mas você pode montar uma se quiser." Agora estou atendendo a terceira pessoa. Preciso trabalhar, depois falo mais.

•

Queria escrever um texto sobre nossas fantasias. De como fantasiamos coisas e acreditamos nelas. E, para isso, eu iria comparar com as fantasias de carnaval. Para dizer que dentro de um Batman e de uma Mulher Maravilha existe um coração frágil. Assim, eu iria falar sobre como agimos em cima do que pensamos. Sobre como se afastar de alguém porque pensamos que ele se chateou, ou sobre como deixar de ligar para alguém por fantasiar que não daria certo.

E, no meio deste texto, eu iria tentar encaixar que toda dor é um treinamento e que a gratidão pelas dores pode render frutos. Assim, me lembraria de quando eu sempre disse que temos dores menores que a de muitas pessoas. E lembraria da menina que me disse que cada um tem a sua dor e que comparar não era um bom caminho e eu nunca concordei.

Hoje faz sol em alguns lugares e embaixo das árvores está morno. E vim procurar um lugar para arrumar minha caixa de som e subi escadas estreitas nas construções bem antigas e desbotadas do Centro, que me fizeram lembrar os universos de Beckett e me deram saudade do palco.

Assim, lembrei de Celina, que considero minha mãe de teatro, e me deu saudade do gosto da cena com ela. E me imaginei dizendo textos de livros e memórias que sempre estudei.

Enquanto comprava um mate gelado para o moço que arrumava minha caixa de som, matei as saudades da minha avó, que fazia isso para as pessoas. E que é a minha mãe por ser mãe da minha. E por ter investido sempre nas minhas aulas e me permitido encontrar outras mães no teatro.

Como seria o mundo sem fantasias?

•

Depois de anos de análise, percebi que sou permissivo e que me falta um tipo de disciplina.

Permissivo no sentido de pensar demais antes de me chatear de vez, e acabar deixando coisas que me incomodam tomarem tamanho, sendo que poderiam ter sido cortadas e esterilizadas no primeiro broto. Os olhos, às vezes, dão a impressão de permissão. Mas os olhos não têm culpa.

Na linha da disciplina, os horários e números são sempre fumaça, e se dissipam. Não gravo datas e horas, e, apesar de toda a pontualidade e rigor, me pego sempre em pequenos sustos de datas que não fixo por nada.

Pensava que isso era irrelevante e fui permissivo também para comigo.

Uma lâmpada que queima, um relógio que para, isso sempre me incomodou. Agora forço um sorriso e me digo que são pequenas oportunidades de realização, e me realizo assim, metaforicamente, arrumando o relógio e conquistando algo que está escondido, guardando uma alegria.

Os sintomas são metáforas. Se escondem brilhantemente no meio das verdades. Polvos e camaleões do pensamento. Não permitir aquilo que não se deve. Organizar aquilo que realiza. E perceber as cores que deitam sorrateiramente no fundo nebuloso de descobertas.

•

Acabei de chutar sem querer uma boneca de uma banca de vendas estendida no chão. Enquanto meu amigo arrumava o objeto no lugar, pedi desculpas para o vendedor, que estava sentado ao lado de suas mercadorias usadas e encardidas.

Ele: "Não pede desculpas não! Se você não tivesse chutado essa boneca, você não teria olhado para mim e não teria me conhecido. Muita felicidade para você, mas não só para você. Divida com quem você ama!"

•

Saudades dos títulos?

A humanização dos humanos

Começamos a usar a palavra "humano" como um elogio. Fulano é muito humano. Lembro que em uma situação alguém riu e me disse que isso não fazia sentido. Afinal, qualquer humano já é humano por natureza. Algo do tipo.

O que tem me surpreendido, e não sei por que eu fazia isso, é que a humanização dos humanos tem aparecido para mim como algo que antes não me existia. Me pego admirado quando percebo o humano do humano, e isso me faz lembrar das culpas que eu sentia pelos erros do meu eu-criança.

Eu tive um tipo de chefe que era bem grosseiro, e que era meio temido. Para mim, imagino sempre o dono do mercadinho no filme da Amélie Poulain. Todo ser que quer ser temido me parece aquele homem que, em casa, fica com medo de um estalar de madeira.

De tanto ouvir sobre afinidades, agora me pego entendendo melhor que cada um também tem a sua fase, mas que a fase é uma vida toda. Uns estão em algumas fases mais avançadas, mais perto de zerar o jogo, e outros ainda começando. Dizem que o talento está em quem já andou algumas fases. Faz sentido. "Fulana parece que já nasceu cantando!". E nasceu mesmo.

Li esta semana que as combinações genéticas podem gerar seres exatamente iguais. Mas exatamente mesmo. Porque, apesar de infinitas, as combinações são finitas. Será que o outro igual a nós nasce em uma fase mais para a frente? Será que já fui exatamente igual a mim antes?

Porque quando desumaniza, ou perdemos o elogio, ou zeramos todas as fases.

Sobre as possibilidades de cura

Esses dias, falei que quando estamos tristes, às vezes pode ser porque gostamos disso. Partindo do princípio que fazemos tudo por prazer e que os prazeres se camuflam em todos os cantinhos, e que o acomodar-se na dor exige menos empenho do que o agir, falei.

Leia de novo esta última frase.

Tem uma história da lagosta que, quando cresce e o casco aperta, ela vai para o fundo do mar para renovar sua carapaça. E então, comparam com nossa vida, porque nunca deixamos o casco apertar. Quando ele aperta, já nos consideramos doentes e precisando de ajuda, e então nunca trocamos o casco direito.

Enfim: é preciso apertar para trocar o casco.

Penso que essa melancolia mundial tem relação com o comércio dos remédios e da abominação da dor. Viver é para os fortes. E passar pela vida sofrendo? Parece que está para todo mundo.

Essa introdução é para dizer: se mexa. Mexa-se. Vá fazer algo para ficar bem.

Se tem um ditado que é fato é aquele: "Mente vazia...". Sabe esse? Então, aproveite a dor para sair dela, e não a acumule. Porque dor acumulada é mais difícil de ser dissolvida.

Doeu? Vá fazer um curso, sentar em um parque. Angustiou? Escreva, leia. Ler é sempre a distração mais produtiva. Te tira dali e vai indo até que você esquece. Ligue para os amigos, dance. Pise descalço no chão. Entre no mar. Sinta o sal. A natureza, mesmo sofrendo, continua. Siga junto. E conheça gente. Jogue fora aqueles papéis. Arrume aquilo que você sempre fala que vai arrumar. Lave a cabeça, passe os problemas, dê banho no seu filhote de angústia. Se mexa. E aqui há três palminhas de alguém te fazendo levantar.

•

Uma oração para permitir que algo aconteça

Me falaram uma vez que algo aconteceu porque eu permiti. Então hoje permito quando desejo que aconteça.

No som, uma música que mexeu comigo o dia todo. Na TV, uma janela com chuva que coloco às vezes para acreditar que chove, e então refresco o quarto, e não tenho vontade de sair porque a imaginação está molhada. Orando esses dias, também ouvi que era preciso imaginar para ser mais forte, e então entendi que no teatro também é assim. Entre o ver tem a arte e o imaginar e a oração que acontece. Ouvimos várias coisas e muitas voltam. Hoje em dia, leio e penso que quando for para voltar, as frases reverberarão.

Uma dor no peito hoje do nada. Chorei com a história da menina que deu carona para um desconhecido e foi morta. Olhei para a sua pele brilhante e um rosto de quem vivia acreditando no mundo. Agora leio sobre teatro e penso que logo o ano termina e será Natal outra vez. E que o mundo não está bem e que as pessoas estão tristes. E que há uma ilha de lixo no Caribe e outra que sei que boia em algum lugar do oceano.

Sentei para escrever e pedi em imaginação para permitir, e me permiti escrever o que era essa sensação de hoje. A música que toca agora (*In the Silence*, do JP Cooper) diz sobre a solidão, e que vai amar a pessoa para sempre, e que depois de anos ainda ama e sente falta. E penso nos que se vão.

Comprei um caderno com uma japonesa em um lago na capa, com poesia logo depois, que falava sobre amor. As outras eram mais tristes. Eram do menino que faz os cadernos que acho tão bonitos. Será que é ruim escrever com tudo o que vem à mente¿ (Minha interrogação está invertida e meu computador tem falado em espanhol.)

E agora lembro de Lian, de quem admiro os escritos, e lembro que sonhei com Rebecca Ferguson, a cantora inglesa que amo sem conhecer de perto.

Hoje tiramos fotos enquanto eu dormia à tarde, como tenho feito quando posso. Tenho sentido tanto sono. Diz Paloma que é por conta da mudança do mundo. Me disseram esses dias que o ciclo está se fechando e logo o bem prevalecerá.

E lembro da menina que deu carona, e da matéria que o Fantástico deve estar fazendo, e que logo em São Paulo estarei apresentando peça, e que esta semana cresci por estar lendo livros de teatro. Agora leio sobre a ligação que temos com algo mais alto, mais elevado. E lembro que me falaram que todos os mortos podem descer no Dia de Finados, e que a cunhada de um rapaz que eu conheço desceu esses dias muito rápido para salvar o marido de quem estava com saudades.

•

Lágrimas involuntárias

Hoje meus olhos se encheram de repente, gosto assim. Já cogitei se as lágrimas só são puras quando são incontroláveis, espontâneas. Porque, às vezes, a gente chora porque quer, para alguém ver ou para a gente se ver chorando.

Penso se atuamos o tempo todo, já que no palco a verdade deve ser limpa de qualquer querer. A vida imita a arte, mas a arte não imita. Me perguntaram uma vez o que era arte para mim, e, em meio a gaguejos, com medo de parecer grande, respondi que é uma tentativa de se aproximar daquilo que gera a vida. É no gerar que a vida imita.

Voltando ao choro que me veio, estava com uma amiga desconhecida e recebi um abraço diferente na frente dela, e logo em seguida outro, e me perguntei se estava acontecendo algo comigo, se estavam preocupados comigo ou se ouviram algo sobre mim que eu não sabia.

"Você acabou de receber dois abraços tão importantes..." E antes de ela terminar, temendo alguma pergunta sobre se eu estava bem, para não ter meu silêncio invadido, respondi que também tinha percebido. Silenciei para continuar como eu estava. "Às vezes, fazemos o bem e nem sabemos que fizemos."

E então, enquanto meus olhos se enchiam, minha cabeça entendia aqueles abraços como presentes por nem saber exatamente o que eu tinha feito, e pensei no que poderia ter sido, e no que ser, e do bem sem saber. Assim, me questionei a importância de saber, ou de ser mais importante ser sem a consciência de ser. Ou o bem imita o que é visto, ou o que é visto é bem sem saber.

Esses dias, em uma roda, eu devia dizer as minhas qualidades, e dei um jeito de não dizer, e fiquei dois ou três dias me culpando por ter sido egoico e prepotente, por, no meio do não querer, ter deixado escapar algum carinho que tenho comigo mesmo.

No outro dia, falaram que era para estar atento a isso, ao constrangimento sobre a consciência de se gostar. Antes de ontem, me procuraram para um colo, e hoje outro, e respondi prontamente, sem saber se eram lágrimas puras espontâneas minhas, ou choradas para alguém ver, ou para me ver do bem. E hoje chorei da forma que admiro as lágrimas, por perceber que nem sei que faço o bem e que achei bonito, e que ganhei dois abraços por isso, de quem nem... ou...

•

Metrópole

Fiz uma experiência esses dias. Me disseram que as pessoas andam rodeadas, cada uma, por mais de cem espíritos, às vezes até mais que o dobro disso. No meio de tanta gente estariam os que nos protegem e também os que estão por perto sem entender, guardando rancores de tempos.

Contam uma história de um espírito que nem sabia mais o motivo de não gostar do vivo e, mesmo sem saber por que, ainda fazia força para prejudicá-lo. É que "lá" o tempo corre mais, se é que isso é possível.

Pensando neles, imaginei muita gente e fiquei pensando na cidade ao meu redor, e nos que, sem entender, me feriam e me seguravam. Nesse tempo, alguém me disse que, de tanto esforço, eles vão percebendo que você não é mais "você" daquela vez. Coisas assim. Duas coisas: pensei que deveriam saber quem eu sou com uma boa conversa, e também me liguei que sempre é preciso esforço para que alguém note e ajude você. Mas esse é outro desdobramento.

Fechei os olhos e disse, em mudo som para nós, algo do tipo: "Amigos, eu sou amigo...". E mais algo constrangedor (falei, juro): "A gente precisa conquistar nossas coisas juntos, eu já nem lembro mais do que vocês também não lembram", aquela história...

Na virada do ano, olhei para o céu, porque há essa referência. Aliás, dizem que é bem em cima do Rio de Janeiro que tem aquela cidade. Meu irmão sorriu dizendo que a espiritualidade é muito humana. Sorri de volta. Visões. Então, eu e meus trezentos ou menos espíritos ficamos parceiros e mais próximos, se é que é possível. Conversei, dei um alô, reforcei que compartilhamos desejos e sonhos, e que já que estamos juntos, em trezentos ou menos, que é um bem de todos e tal.

Um dia, então, antes de começar a peça, entrei no palco e disse algo nessa linha, e pedi um trabalho de equipe: "Vamos juntos agora". E assim tento fazer quando lembro. Ah, me conhecem, sabem que às vezes esqueço.

Mas olha que interessante: uma amiga que anda com seus trezentos ou menos me disse que também fez isso uma vez e, na verdade, isso tudo que eu disse até aqui era só para contar o que eu vou dizer agora. Ela fez uma peça e pediu para que estivessem com ela, parecido com o que fiz. Dias depois, em um lugar onde sempre querem que as entidades estejam, mas que mesmo assim precisam de convites, sabe como é, ouviu da boca de uma pessoa concentrada em um de seus quinhentos ou mais, que ela estava linda de tranças no palco e que um espírito estava na primeira fila. Minha amiga, arrepiada, perguntou: "Ué, você me viu?". E a metrópole: "Ué, você não me convidou?" Essas coisas...

•

O eu que habita em mim

Às vezes, acordo à noite e me vejo sozinho no meio do apartamento, e me bate uma alegria inexplicável. No meio do colchão, no silêncio dos prédios, eu estou ali com alguém que me faz ser eu, e me pergunto quem é esse alguém que está comigo e me faz ser eu e que habita em mim e não em outro.

E volto a dormir e sonho sonhos desse alguém que me confunde em mim e muitas vezes me faz pensar que somos um só. De onde vem esse que escreve e que move minhas mãos e alimenta meus pensamentos? E, assim como ele, vida que corre por entre meus olhos, talvez outros que convivem em mim ou perto ou dentro dos que vejo.

Lembrei de um texto de Clarice em que ela ou o que habita nela escreve frases conexas como em um fluxo de pensamento. E, entre esses pensamentos, me vejo e me lembro que é tarde e que logo levantaremos. E penso na conversa que tive na mesa com amigos mais cedo, quando comecei a falar sobre a vida sem o pudor que é comum em mim. E, num impulso de conversa espontânea, quando as palavras saíam apenas, comecei a falar sobre o quanto vivemos bem e quanta responsabilidade há nisso, e de como o conforto nos responsabiliza em fazer crescer os outros, durante nosso tempo livre, enquanto outros trabalham e lutam sem tantas mordomias.

Porque, por acaso ou não, esse eu que somos não vive tão dificilmente como os outros que habitam muitos. Por sorte ou coincidência, temos privilégios que milhões não têm. Um homem cai no chão no restaurante ao lado, paramos de falar. O eu dele convulsiona. Talvez seja coisa dele com ele mesmo. Ele, então, logo volta a ser eu, o eu dele.

Ouvi esses dias sobre uma mulher que passou mal porque seu anjo da guarda tinha trocado o turno com outro. Ela, sem anjo por segundos, quase morreu. E quem a manteve sem anjo naqueles segundos? Todos teriam anjos? O que sentem os anjos de alguns? E dos que não podem mudar o turno?

E agora podemos voltar a dormir, já nos vimos de novo. Esses dias, pensei se temos sono todos os dias por já termos feito muita coisa, um sono atrasado, acumulado de eus. O dia passa tão rápido e, mesmo assim, me canso e tenho sono. Por que preciso descansar de tão pouco tempo? Tempo acumulado, sono de eu que habita muitas e muitas vezes. Fecho os olhos e assim começo e me realimento em algum lugar. Silêncio de eus ao meu redor, todos dormem e vagam, e se encontram.

•

Guardiões do futuro

Quando nasci, já estavam todos sabendo sobre o meu futuro. Talvez até tenham me contado um pouco de como seria, ou guardaram segredo, não me lembro. Porque lá de onde vim, estão todos sempre à frente do tempo. Podem ver bombas, ondas, flores antes dos botões, e, sabendo de tanta coisa, cuidam de quem aqui está e não sabe tanto. Manipulam mentes, vozes, marionetes, para tentar mudar o rumo de algo que está prestes a acontecer, como em um jogo de tarô que mostra o futuro presente, que muda por um detalhe. E não é fácil. Não é fácil cuidar do futuro. Dá muito trabalho.

Às vezes, sabendo do que vem lá pela frente, dão um jeito de atrasar um táxi, de fechar uma loja antes da hora, de fazer você derrubar uma lata no mercado, que te faz esbarrar na mochila do turista. Por questão de segundos, os aqui presentes deixam de estar na frente de uma van desgovernada, de um caminhão que invade uma festa, de uma briga que vai acontecer naquele restaurante onde seu amigo desmarcou o jantar bem em cima da hora, no qual uma garrafa vai quebrar naquela coluna para onde seu rosto olharia distraído vendo a televisão, da árvore que vai cair assim que o moço bater a porta e sair do carro que comprou ontem e que ainda está sem seguro, do passarinho que vai sujar aquela parte da rua no dia da sua reunião mais importante.

Lá também conversam sobre amores, amizades, profissões: "Fulano bem que podia conhecer tal pessoa." E, em manobras de guardiões do futuro, sussurram em seu ouvido um desejo de viajar para *aquele* lugar em que você nunca foi, e você vai, e conhece *aquela* pessoa. Viram seus olhos para *aquela* revista, que faz você entrar na banca, onde você vai encontrar uma senhora segurando um cachorro no colo, e que faz você pensar em afeto. Sentam você apertado entre bolsas do metrô para que você leia *aquela* frase do livro que o homem do bigode segura sem conseguir enxergar bem todas as letras, e que vai mudar seu jeito de olhar tanta coisa.

E lá, bem ali, se conversam: "Você pode falar para o seu dizer tal coisa para o meu?". E você, sem saber por quê, me diz e me pede desculpas por estar enchendo meu ouvido com coisas vazias para você. E quem cuida da gente fica torcendo para que o ouvido esteja atento, e os olhos curiosos, os poros... Poros.

E é tanto sonho na mente dos presentes que às vezes fica difícil se organizar para lembrar de tudo. "O que mesmo ele pediu em pensamento ontem? Me distraí na hora de fazer tal coisa." E é por isso que é importante pensar sempre no que se quer, para que ninguém esqueça, e fazer coisas marcantes para que fique firme na memória de quem cuida de você, para que priorizem desejos, como deixar anotado para que vejam, ou falar alto, ou sair do conforto.

"Olha, nunca tinha visto fazer tal coisa." É difícil administrar tantos desejos, como no presente. E por isso é bom estar satisfeito quase sempre, para que as queixas sejam valorizadas, por serem raras. E é preciso que o que se pede seja sempre bom, sem machucar presentes e futuros, para que os que cuidam de você também se organizem para que outros presentes conheçam e gostem de você, e queiram você perto, e aproximem você dos seus sonhos e da vida sonhada por cada um.

•

Texto

Às vezes, quero escrever um texto, mas ele ainda não está comigo. Ele me vem, mas ainda não está pronto. Às vezes, me parece que já o tenho inteiro e, quando paro para fazer, ele não vem. Fica querendo ser bonito e se perde na beleza, até que não faz sentido e o abandono.

Por vezes, parece que sei mais dele do que consigo passar para você, pois para você ele ainda não é claro. Parece exato em mim, mas se para você ainda não está completo, me questiono se para mim também já o entendi. Então, sento e tento deixar ir, mas não psicografo, como suspeito que Pessoa fazia. Deixo, e um dia ele vem, muitas vezes com a primeira frase. Bonita. Olho pra ela e penso se ela é o mote ou uma armadilha. Então, levanto em um impulso, como de madrugada, às vezes, e começo.

Me guio pelo filme em que o professor diz para um aluno apenas falar palavras aparentemente sem sentido e ver a poesia que aparece. Também lembro da diretora que separava arte das ideias e olho para as minhas palavras tentando entender se a ordem delas mais quer dificultar que informar, se são vaidosas ou contorções para se fazerem entender.

Tenho o texto e releio em um prazer que, às vezes, é alimentado pelo retorno dos outros, às vezes é mais quieto do que supus, e às vezes é constrangedor a ponto de esmagar meus dedos dos pés até eu apagá-lo. Falo com você como alguém que quer me ler, e se às vezes sou longo demais, penso que fui desinteressante no começo. Mas o início é preciso, e por isso o comprido para concluir e fazer você entender.

Falo a você como alguém que segreda e alimenta amor, que esconde íntimo, mas que se expõe nas entrelinhas. E, às vezes, me abro de vez, de todo, e me guardo até pensar em nós outra vez.

•

Não sai de moda

Agora está na moda reclamar da tecnologia. Está em alta criticar quando todos em uma mesa estão olhando para seus celulares. Jornais e revistas falam que dependemos de nossos computadores, pessoas dizem que hoje em dia ninguém sente com profundidade porque vive sem tempo e distraído com suas coisas.

Pois acho o máximo mexer no telefone, no computador, com músicas e vídeos. Vivemos um momento em que todos conseguem se falar sem precisar mandar cartas a cavalo, em que todos podem fotografar e criar, sem precisar revelar suas fotos, em que podemos, a qualquer momento, escrever para aquela pessoa de quem sentimos saudades.

Gosto de ver as fotos da amiga que engravidou, saber que o amigo passou no vestibular e escrever para a fulaninha que quebrou o pé. É esse o mundo que temos. Vivemos um momento de evolução tecnológica e cada vez mais e mais estaremos utilizando novas tecnologias. Nossos problemas estão longe de serem esses.

E vamos nos curtindo, comentando e criando, aproveitando este mundo que cada vez mais facilita e diverte os que gostam da tecnologia.

•

Jeito de escrever

Agente: da polícia.
A gente: nós, que não somos da polícia.
De repente: separado.
Derrepente: de repente você errou.
Ansioso: é com S sim.
Ancioso: escreveu errado por pura ansiedade.
Conserto: arrumar.
Concerto: musical.
Mas: mas você ainda erra isso... (porém)
Mais: mais uma vez errando isso... (+)
Mal: bem.
Mau: bom.
De novo: de novo, aham.
Denovo: aham, errando de novo...

•

EscreverAM errado (passado).
Escrevem errado (presente).
EscreverÃO errado (futuro).

Eu não estava bem nesse dia, só pode

Já estou chorando antes de escrever.

Minha vida, que falta sinto de você! Das nossas ligações, dos nossos desabafos, das nossas conversas, das nossas risadas, dos nossos desenhos, dos nossos abraços, de dormir junto, de ver filme, de ficar acordado até de madrugada.

Ai, to chorando muito aqui. Fico forte sabendo que essa viagem é tão importante para você, para pensar em coisas novas, conhecer mais o mundo, descansar, descobrir novos amigos e mostrar para outras pessoas a pessoa que você é.

Você é um presente da minha vida. Te amo tanto que nem sei. Espero que você esteja bem e que aproveite hoje e todos os dias da sua vida. Te amo e te amo. Gostaria de falar com você, mas não sei como é e também não estou no meu computador. Quando você voltar, vamos fazer muitas coisas juntos.

Saudades da minha vida mais completa.

Beijos do seu que te ama.

Minha prima foi fazer intercâmbio. Só isso.

•

Um trecho

(...) Deveríamos, por um momento, o maior que conseguíssemos, nem que durasse dois segundos, suspender nossos valores e convicções e tentar não achar nada sobre nada. Pensar que não temos nenhum direito sobre ninguém, nem de achar nada sobre algo ou alguém. Estamos equivocados, alimentados pela beleza de ter opiniões formadas. Precisamos lembrar que não temos certeza, que o que temos é o que vemos e não o que pensamos e achamos (...).

•

Curtas

Estou almoçando ao lado de um paisagista que fala "pranta".

•

Quanto é a conta de luz de uma loja de lustres?

•

A felicidade é um ponto de vista.
Tive a ousadia de achar que essa frase era minha. Procurei no Google e ela é de muita gente.

•

Às vezes, o barato sai caro. Mas o caro sai caro desde o começo.

•

Se fosse comum, não seria especial.

•

O Faustão reage a comentários falando as horas:
Ele: Christiane Torloni, você tem alguma coisa da Tereza Cristina?
Ela: O gênero!
Ele: Olha, 8h29.

•

Preste *mais* atenção na hora de usar o *mas* nas suas frases.
Ai, *mais* eu não entendo.
É, realmente.

•

Augusto Cury deveria escrever um livro sobre *Como ser feliz sem sonegar impostos*. Aí quero ver conseguir ensinar alguém a ser feliz.

Nelson não disse *Só é feliz quem sonega imposto*. Mas ia gostar dessa. Espero.

•

Você só entende o valor da biblioteconomia quando tenta sozinho encontrar um livro para comprar na livraria.

•

Quando você vai ver, nem os amigos em comum você conhece.

•

Todo mundo é mais bonito de óculos de sol. Menos na balada.

•

Desconfie de quem não guarda talher na primeira gaveta.

•

E quando você vai trocar de música porque está achando chata, e bem na hora a pessoa que está ao seu lado canta junto?

•

Eu voluntariamente ajudo uma instituição e gero empregos. Pago a academia e nem fico indo lá para ver o que estão fazendo com meu dinheiro.

•

Norah Jones é tão chique que quando toca na rádio do boteco, o boteco vira restaurante. Quando toca no som do Celta, o Celta vira Mercedes. E quando toca em..., faltou outro exemplo.

•

Se Deus criou o computador, o diabo criou a impressora.

•

Falar "Deixa eu te perguntar uma coisa", antes de uma pergunta, é a mesma coisa que colocar "Eu acho que" no começo de uma frase na dissertação.

•

Chove
Se
No
Banho

•

Tudo agora é mil reais.

•

A moral é um tratado neurótico.

•

Peça sempre ajuda a quem entende sobre o assunto que você precisa.

•

E se um dia descobrissem que as pombas formam partituras musicais quando pousam nos fios de luz?

•

O homem que caiu

Tem um prédio em construção bem perto da minha casa. Por causa da obra, mexem nas fiações que dão para a rua e, certa vez, não fecharam direito um bueiro. Eu estava indo almoçar quando uma senhora que estava na minha frente pisou nesse bueiro e, sendo pequena, caiu inteira dentro dele.

Outro dia, também indo almoçar, vi um grupo de pessoas olhando para algo no chão, na frente do mesmo prédio. Perguntei o que acontecia para uma mulher que via tudo de longe e ela me contou que um homem tinha acabado de cair de um andaime. Com seu macacão azul, já parecia estar morto. Ao lado da sua cabeça, sua dentadura estava quebrada ao meio. Devia ter uns 60 anos. Uma mulher e um homem pressionavam o seu peito para tentar reanimar o corpo. Sua barriga fazia como ondas com a força das mãos. Fiquei olhando para ele e imaginei a sua alma ali, em pé ao lado, tentando entender o que estava acontecendo. De alguma forma, o convidei para me seguir. Eu iria a um lugar de orações.

Almocei.

Durante a tarde, lembrava dele. Ficava imaginando se ele estaria bem, se teria me seguido ao se conectar pelos meus pensamentos, e, para viver alguma experiência maior, me imaginei sonhando com ele, recebendo alguma mensagem dele ao dormir.

Fui jantar fora, mas antes disso passei em casa. Terminei de escrever um texto e saí tranquilamente pela minha porta. Quando voltei, já de madrugada, porque o papo foi bom, saí do elevador e os corredores do prédio estavam vazios, com uma luz que parece que dorme quando todos estão dormindo. Enfiei a chave na porta e ela não entrava, como quando alguém coloca uma chave do outro lado. Tentei muitas vezes, e cogitei de algum amigo meu estar do outro lado, tomando banho. Aquelas coisas que você pensa quando não existe nenhuma opção realista para uma situação. Sei lá, já emprestei a chave reserva para alguns amigos... Alguém poderia estar ali.

Desci pelo elevador e perguntei ao porteiro se tinha alguém no meu apartamento. Ele disse que não, e nem teria como, mas faria sentido com a fechadura daquela maneira. Voltei até a frente da minha porta. Eu nunca tive medo de passar por ela. Bati e orei para conseguir entrar e, quando encostei minhas mãos na porta, meu corpo tremeu. Fiz isso pedindo para alguém, que nem sabia quem poderia ser, para entrar sozinho na minha casa. Depois de tentar muitas vezes, agora com muita força (que faltava), a fechadura desbloqueou como nunca. Leve, minha chave girou e a porta se abriu. Olhando para dentro, tentava não ver nada, nem as manchas dos olhos que aparecem quando a gente não foca direito – meu apartamento, a porta, eu e o corredor do prédio.

Antes de ir para casa, entre o almoço e o jantar, eu havia passado novamente pela frente daquele prédio. Na esquina, dois colegas de trabalho do homem que caiu estavam com os olhos vermelhos e lacrimejados. O que aconteceu com o homem? "Faleceu. Está vendo aquela peça que segura o andaime? Ela soltou e o andaime ficou pendurado. Ele tentou sair, mas a peça desceu e caiu em cima dele, na cabeça." Ao meu lado, uma senhora já parava para perguntar também, pois tinha ouvido na rádio, pelo que entendi. Viu o homem na mesma hora que eu vi. Os olhos de choro de um e a cabeça baixa do outro colega confirmavam. Existia algum afeto.

Olhando para o corredor vazio, agora tudo me dava medo. Eu parecia estar sozinho ali no meio de tantas camas dormindo. Minha porta estava aberta. Estiquei minha mão direita como se ela fosse uma luz para atrair um pássaro para fora do meu apartamento. «Hoje eu te vi, você caiu de um andaime. Você não deve estar entendendo. Dizem que acidentes perturbam a alma. A incompreensão dos fatos, a dificuldade de partir. Você deve ser uma pessoa boa. Vi seus amigos chorando. O mundo não está bem e talvez precisem de você lá. Meu apartamento é lugar de paz e sou muito feliz aqui. Mas estou com medo. Me desculpe."

Os pelos da minha perna se arrepiaram. Depois de dar alguns passos para trás, para mostrar a saída, fui chegando perto da minha cama. Meu celular agora tinha luz, depois de morrer por falta de bateria. Foram horas até eu dormir. A soma do chá que tomei no jantar com o medo tiraram meu sono. O ar-condicionado fez, então, piscar a luz do apartamento. Novamente meus pelos.

•

Permissões de êxito

Às vezes, quando escrevo, gosto de misturar dois assuntos e tentar descobrir o que une essa sugestão do meu inconsciente. Hoje quero falar sobre permissões e noção de reação.

Estou quase fazendo a junção quando vejo algumas pessoas saindo do avião em que estou. Não sei o que houve.

Agora perdi a vontade de falar.

Mas o que tenho percebido, para ser objetivo, é que as pessoas têm evitado o contato com suas culpas. Não digo sobre essa culpa comum, que remói a todos nós, mas a culpa real, das reações que suas atitudes causam.

Entendo que, para além da capacidade que as pessoas têm de sucesso, existem, acima e mais fortes, as permissões. É preciso desbloquear os caminhos invisíveis para ter permissões de êxito. Dentro disso, é preciso ter lucidez para ver as reações que toda atitude tem.

Que tsunamis suas ondas geram?

Escrevi em três momentos este texto. Para resumir: A família que saiu do avião fez isso porque a mulher estava grávida demais para viajar, e sem atestado médico de liberação. Sua ação de embarcar sem o atestado gerou a reação de precisar sair do avião. Não teve a permissão de voar.

•

A natureza é matemática

Nunca fui dos números. Não gostava de física, de química, de matemática. Tinha até uma sensação bem ruim quando havia prova dessas matérias, porque eu não sabia nada, era um assunto triste, de tristeza mesmo, de querer sumir.

Uma vez, criança, imaginei que eu não ia bem nas provas porque não estudava. Pensei que não era um problema meu, de gostar ou não, mas uma falta de esforço para aprender. Então, decidi estudar para a prova que aconteceria alguns dias depois.

Estudei.

Lembro que, durante a prova, eu sentia um prazer em resolver aquelas contas de matemática. Acho que até fiquei na dúvida se eu estava fazendo certo realmente. Tirei nota 9.

Nessa época, as notas totais eram dadas... a cada dois meses? Ou por trimestre? Alguém lembra? A professora de matemática falou então para cada um dizer que nota achava que deveria ganhar no final daquele período. Eu era muito bagunceiro e minha melhora era muito recente, e muito minha. Aos olhos de outro, eu poderia ter colado ou ter acertado a prova por acaso, mas eu estava orgulhoso de mim. Tinha conseguido um 9 na prova para a qual estudei!!! Decidi, então, que minha nota seria 9, e disse: "Eu acho que mereço um 9!".

Uns dez alunos já tinham falado as notas que achavam que mereciam, e a professora não tinha reagido. Quando foi comigo, ela se espantou: "Você acha realmente que você merece 9, Jefferson?!". De um lado, a professora de um aluno que não parava quieto um segundo, e, do outro, um aluno que parou por um segundo para ficar quieto. Respondi: "Você está falando isso porque você não gosta de mim!".

Com aquelas emoções que só na escola a gente vê, seus olhos se encheram d'água e ela se levantou dizendo algo como: "Não fale isso!". E saiu da sala antes de a aula acabar. Anos se passaram, mais de dez... Quase vinte? Às vezes, eu lembrava dessa cena e me perguntava se para ela isso também tinha marcado, se aquele tinha sido um dia diferente pra ela.

Recentemente, fui visitar minha escola, e, junto comigo, estava meu amigo de infância, filho da diretora. Perguntamos na sala dos professores quem estava lá naquele dia, da época em que estudamos. Primeiro, veio a professora de inglês, que nos recebeu e se lembrou de mim. Segundo, fomos andando pelo corredor com piso xadrez até a sala em que *ela* estava dando aula: a professora de matemática.

Na minha cabeça, eu só lembrava daquele dia, e pensava se ela se lembraria de mim, de quem eu era, daquele dia, ou se me olharia com olhos de quem já deu aula para muitos, e que, portanto, eu seria apenas mais um no meio de vários.

A porta da sala estava semiaberta. Batemos e ela veio até nós. Reconheceu meu amigo, claro, que nunca deixou de ir lá por conta da função da mãe. Me olhou por um segundo... e me abraçou. Seu braço forçou meu pescoço contra o dela, enquanto ouvi no meu ouvido, em meio a lágrimas: "Jefferson, você me perdoa?".

•

Trotes

Quando eu era criança, eu ficava muito sozinho em casa, e tinha medo. Medo de assalto, acho. Em muitas noites, quem dormia lá era uma amiga minha, e a gente passava trote. Gostávamos de fazer isso de madrugada, para ouvir as pessoas atendendo ao telefone assustadas.

Eu ligava de um telefone e ela ia para o outro (a extensão) para acompanhar na linha. Sempre gostei de imitar vozes e, perto do Natal, eu fingia ser uma senhora que vendia bolacha, e todo mundo acreditava. Eu olhava o nome da pessoa e seu endereço pela lista telefônica e falava: "Oi, eu estou na sua rua, você é não sei quem? Então, você encomendou bolacha de Natal e eu fiz agora, quis trazer quentinha pra você comer". A pessoa ficava assustada, porque de madrugada sempre parece que alguém morreu, e respondia: "Você sabe que horas são?". Mas com muito respeito, sabe? Eu era uma senhora fofa. "Nossa, quatro da madrugada! Me perdoe! Eu te acordei?!". E assim ia.

Uma vez, liguei pedindo perdão para a tia do meu amigo. Mas telefonei como se fosse uma mulher que trabalhava na rádio e que eu sabia imitar. Soube pelo meu amigo que elas tinham brigado e eu pedi perdão por ela. Parece que colou.

Outra vez, liguei chorando (essa do choro sempre dá certo, é nisso que se fiam aqueles assaltantes que inventam sequestros). E eu, antes mesmo de saber desse truque de presídio, já usava a técnica de esperar as informações e usar a meu favor. Chorei e o rapaz já disse meu nome, perguntou onde estava meu marido, também dizendo o nome dele. A esposa dele veio ao telefone e logo eu já sabia quem era eu e com quem eu era casada. O resto, eu inventaria. Se nem eu sabia onde estava meu marido, e por isso estava chorando, imagina o casal. Desligamos com o combinado de que eles iriam até a minha casa me ver.. O endereço eles sabiam. Eu, já não faço ideia.

•

Hilda Furacão

Uma vez, meu avô Donaldo comprou um Passat verde, da cor dos olhos da Hilda Furacão. Ele sempre dizia isso. Só comprava carro velho e usado, tipo o Prêmio azul que tinha uns bancos com estofado de pelo marrom. De pelo mesmo, daquela pelúcia ruim de urso que dão em rifa.

Era um final de semana de sol e eu estava conversando com um amigo, fora de casa. Minha mãe conversava lá dentro de casa com uma amiga, que criava búfalos perto dos trilhos do trem. Elas tomavam um café. Meu irmão não sei onde estava, só sei que surgiu na hora do desespero.

Conversando com meu amigo, abri a porta do Passat (que nem trancava mais, de tão antiga) que estava estacionado na rua, uma ladeira, e sentei meio de lado no banco do motorista, com as pernas para fora. Mas acho que fui um pouco demais para trás, e o freio de mão, que era tão velho quanto o Passat, baixou. E o carro começou a descer!

Eu não sabia dirigir. Comecei a gritar socorro para a minha mãe, meu irmão veio correndo, e tentou segurar o carro com as mãos. Minha mãe lá de dentro correu até a rua e os dois gritavam: "Pisa no meio!!!", que só depois fui descobrir que era onde ficava o freio, mas não nesse dia.

O carro descia pela rua de pedra ganhando velocidade, enquanto meu irmão e minha mãe corriam pelas laterais pensando em alguma solução rápida, a amiga da minha mãe assistia a tudo do portão. Virei para a direita e bati no muro do vizinho caminhoneiro, com quem meu irmão viajou por dias uma vez para conhecer as estradas de Roraima e Rondônia (ou uma das duas).

Quando saí do carro apavorado, nem percebi o alívio da minha mãe pelo carro não ter descido até o fim da rua e batido em algum outro carro que cruzasse lá embaixo, ou então entrado no pequeno penhasco que ficava na frente de algumas casas.

Eu só olhava para a amiga da minha mãe, que ria, contendo um estouro de gargalhada que vinha de dentro dela, com uma vontade quase incontrolável. Eu, se nem o freio sabia onde que era, imagina se iria entender a graça patética que tinha sido ver tudo aquilo. Guardei-a por uns anos como uma pessoa que não teve compaixão por mim. Criança.

Quebrei os olhos da Hilda Furacão no muro, e a dona dos búfalos, teve um final de semana "inesquecível". E nem deve se lembrar mais que aconteceu.

•

No metrô

Voltando da Barra, no metrô, vejo uma menina dizer uma poesia em voz alta. Depois dela, uma outra mulher, com o filho nos braços, conta sua história. Diz que estava no Rio, mas não era daqui, e seu marido tinha recebido um convite para ser caseiro de um lugar. Deixaram tudo para trás e, quando chegaram na cidade, já havia outro casal ocupando a vaga. Sem lugar certo para dormir, com as mãos cheias de notas dadas pelos passageiros, está recolhendo mais uns trocados.

Ao meu lado, uma moça me diz que isso acontece muito, de deixarem caseiros na mão. Ela, por sua vez, é doméstica, trabalha há 22 anos com bons patrões, mas conta que o começo foi difícil. Veio para o Rio com 15 anos, a primeira patroa usava drogas e chegou a bater na cara dela, enquanto o filho, quase adulto, andava pelado pela casa.

Pausa longa.

Ela continua: "E tem mais história. Depois trabalhei na casa de um patrão que olhava eu tomar banho pela fechadura do banheiro, que passei a tapar com papel higiênico. Na casa seguinte, já com 22, 23 anos, me perguntaram quanto eu queria para tirar a virgindade do menino... É, não foi fácil. Queria voltar para casa, mas precisava trabalhar para ajudar meus pais".

Um senhor chega perto de nós com corpo de quem quer sentar, pedindo, em silêncio, com a barriga estufada. Levanto, e a mulher escorrega para o meu lado, liberando o lugar preferencial em que ela estava. O senhor se senta falante. Explico que a preferência é para quando há o idoso, e enquanto não tem, podemos sentar. Simpático, ele diz que tem gente que fica sentada de óculos escuros e finge que nem vê. "Você é descendente de alemão ou francês?", me pergunta.

Um menino cutuca minha cintura. Com os olhos tristes, me oferece chicletes para eu comprar. A doméstica me diz: "Bem que você falou que as pessoas pedem mesmo, que não tem outro jeito senão pedir". Antes disso, eu já estava incomodado com as vozes altas dos pedintes.

Com uma mão no bolso furado do meu blazer de veludo, e segurando a biografia do João de Deus na outra mão, saio do metrô questionando meu olhar burguês para o mundo e com o desejo de deslocar para mais perto do coração o incômodo de ouvir tantas vozes que pedem.

•

Halloween

Eu, a Gi e o Du, meus primos que me fizeram entender que o amor é infinito, sempre íamos no Dia das Bruxas pedir doces nas casas. A gente adorava. Nos arrumávamos com o que tinha e íamos. Nem sei se as pessoas esperavam isso de dar doces, mas no Sul o Dia das Bruxas rende mais que o Dia de Cosme e Damião.

Fomos andando por várias casas, e uma até chamou a gente para entrar e sentamos para tomar um café. Em outra, fomos recebidos por uma senhora que dizia ter alguns bombons escondidos do marido em uma lata na cozinha. Ela contou que tinha diabetes e ele controlava os doces dela, mas mesmo assim ela comia. Lembro da casa: bege, antiga, com muitas árvores em volta. Era mais alta que a rua, e olhávamos para cima para falar com a senhora.

Ela veio, esticou os braços e, com uma doçura diabética (o diabética pareceu enjoada, mas foi só para fazer poesia), disse: "Meninos, não achei nenhum bombom. Tenho essas maçãs aqui. Serve?". Ela tinha uma voz de pena, queria ter os bombons. E a gente também, a ideia era ganhar doces.

Achamos que ela comeu todos os bombons escondida. Mas falou com a gente muito atenciosa, com as maçãs nas mãos e a glicose lá no alto. Pegamos as maçãs por educação e continuamos o caminho. Por tédio ou vontade, mordemos as maçãs, e foram os melhores doces daquele dia.

•

Jack

Ganhei o Jack de surpresa. Era meu aniversário, e meus amigos apareceram com ele no portão de cima. Era pequeno e branco, com umas manchas marrons. Eu não esperava por um cachorro. Também não sei se minha mãe sabia antes de mim. Igual quando dei um peixe para uma amiga de aniversário, e depois a mãe dela veio me falar que não era mais para dar peixe, que agora quem cuidava do peixe era ela. A mãe. Da minha amiga. O bicho sempre sobra pra mãe.

Jack cresceu com o nome do protagonista do *Titanic*, meu filme preferido. Era esperto e muito rápido, e fugia do nosso terreno não sabemos por onde. Nunca o vimos escalar o muro como o Tyson (Táisson) fazia, nosso pastor alemão, filho de militares, que era lindo e paternal. Jack dormia em cima dele nas madrugadas geladas do Sul.

Lá para cima, porque na minha cidade as fazendas ficam logo ali, existe um rio com várias cachoeiras. Pedreirinha, chamam. O lugar é deles e cuidado por eles, um casal fofo, estilo os donos do Cão Coragem. Vivem lá no meio de árvores, ovelhas e cuques de banana. Cuca, para quem já comeu. Eram nossos amigos da igreja, conhecidos dos meus pais. O homem todo dia cuidava das ovelhas.

Foi assim: levei Jack pela primeira vez na Pedreirinha. Fomos nós quatro, meus pais, eu e Jack. Já estava com as pernas compridas, cachorro cresce muito rápido. Afastados, mais para dentro das árvores, estávamos só nós dois, passeando depois da ponte de madeira, quando Jack viu pela primeira vez ovelhas. Eu também nunca tinha visto Jack ver ovelhas. Em duas pernadas, ele já estava longe de mim. Ao seu redor, que agora já estavam fugindo, as ovelhas gritavam apavoradas, correndo com seus filhotes. Eu, sem saber que seria inútil, em desespero tentava chamar Jack. Ele não me ouvia. Era tarde demais.

Pelo meu desespero, talvez tenha chamado (não lembro) meus pais, que vieram até mim. Jack agora já estava dentro da água com um filhote, que, encurralado na beira da pedra, nadou pela primeira vez. Meu cachorro latia, nadava e pulava com a boca no filhote. O barro que subia do fundo do rio com os pulos parecia sangue, e eu só pensava no dono das ovelhas. Ele amava aqueles bichos. Éramos visitas.

Jack e a ovelha já estavam na outra beira do rio, o filhote novamente encurralado, mas agora sem ter para onde ir. Atrás de Jack, o rio, atrás da ovelhinha o paredão de pedra. Era um dia muito frio. Eu e meus pais, com os pés na cachoeira, chamávamos Jack, mais desesperados do que Rose quando parou de cantar e viu seu amor congelado.

Atrás de mim, um pouco mais para cima, quase encostando nos meus ombros, a mãe da ovelha. Só podia ser ela. Acompanhava tudo. Suas patas deslizavam pelas pedras da cachoeira. Na aflição de ver o filhote na água, fazia com o corpo para a frente e tinha que recuar para não escorregar. Minha mãe gritava: "Segura ela, ela vai cair!". Sempre tive medo de segurar em bichos, talvez porque meu irmão, por ter nascido veterinário, um dia abriu um sapo; ou porque criou uma aranha no nosso quarto; ou porque levou um ninho com sabiás para a cabeceira das nossas camas, ou porque, às vezes, segurava uns passarinhos e mandava eu segurar também. Acho que nessa época eu só não fazia questão. Hoje, se entrar um passarinho dentro de casa, meu coração pulsa forte. Tenho medo de o bicho morrer de tanto se bater nas paredes e eu não sei ajudar. O Jack tinha medo de bicicletas. Foi atropelado por uma, uma vez. O homem caiu da bicicleta junto com a criança e as sacolas do mercado. Só tragédia.

Meu pai entrou na água e foi até Jack e a ovelha. Ela já estava muito cansada. Era difícil nadar e se proteger no fundo do rio sem nunca ter nadado antes. Meu pai abria a boca com os sustos da água gelada na barriga, mas era preciso ir. Eu não conseguiria. Na plateia, eu e as duas mães, a minha e a da vítima, assistíamos esperançosos.

Meu pai veio com a ovelhinha nas mãos, que tremia muito. De frio, de pavor. Ela estava em estado de choque. Jack também estava cansado, saiu da água e não foi mais atrás de nenhuma delas. Eu, culpado, fui lá falar com o dono das ovelhas. Lembro bem. Já com o olhar triste, ele não disse nada. Apenas me ouviu dizer o que tinha acontecido, mas já devia imaginar, pelos gritos. Assentiu com a cabeça, com muita educação. Não tinha mais o que fazer. Entramos tristes no carro para ir embora. Eu estava triste, e ficava pensando se o filhote morreria depois de susto. E a vergonha?

Jack fugiu um dia pelo portão e nunca mais voltou. Quando cheguei em casa, meu avô disse que tinha soltado o cachorro. Mas o Jack fugia sem ninguém saber por onde.

•

Uniforme

Estou em um engarrafamento na Lagoa e notando que vários carros estão parando e comprando bebidas e biscoitos de vendedores ambulantes. Vários carros mesmo, mais que o comum em engarrafamentos.

Achei estranho e, enquanto meu carro se aproximava deles, vim me perguntando por que estavam vendendo tanto. Pensei que poderiam ser até pessoas dando coisas de alguma marca. Enfim, a única diferença deles para vendedores ambulantes comuns é estarem usando um "uniforme" da Mate Leão.

Conclusão: uma roupa pode fazer toda a diferença. O detalhe é que um vendedor mais à frente, que está sem o uniforme, não parece estar vendendo tanto.

•

O cadeado

Quando eu era criança, meu irmão apareceu lá em casa com uma espingarda, daquelas de matar passarinho. Lá em cima do terreno, onde criamos um cavalo por uns dias, que apareceu na nossa casa do Centro, meu irmão amarrou uma lata em cima de uma árvore e começou a atirar, bem de longe. Acho que ele não estava acertando os tiros, quando decidiu me chamar.

Eu estava dentro de casa fazendo sei lá o quê. Quando saí na varanda, ele estava em um canto. Fui até ele, que me deu a arma para atirar. Eu nem queria, mas não tinha querer. Era para eu atirar. Como era para eu correr no gramado às vezes para ele tentar me laçar igual fazem com o gado na arena do rodeio. Só rindo. E eu corria! E era laçado!

Segurei a arma com as mãos, ele me avisou que seria forte. "Mira na lata, quero ver se você acerta!" Peguei a arma pela primeira vez, coloquei apoiada em mim, levantei a espingarda e... Tá! Acertei a lata. Dentro de mim, um orgulho do acaso, e meu irmão em choque pela minha única e certeira tentativa. Depois, não acertei mais os tiros, mas a lata estava furada por mim. Aquilo também me marcou.

Um tempo de vida...

Vivi pensamentos convictos de que o cérebro sabe fazer tudo, ou muita coisa, que aprendemos, sentimos, intuímos, que alguém aprendeu antes de nós e passou pelos genes... Enfim, variações, mas que a cabeça sabe fazer, tipo acertar um papel amassado na lixeira. É o cérebro de primeira sem pensar. Testei isso esses dias, depois do cadeado.

Comprei uma mala azul e, na hora da compra, a moça me empurrou um cadeado. Eu, que já estava aberto para gastar, fui junto no cadeado, daqueles de senha, três números que você cria na hora e ele grava e abre só com o código que você inventou.

Passou muito tempo e nem me lembrava mais dele. Até que lembrei e já não sabia onde estava. Até que achei e não sabia mais a senha. Três números que inventei em uma época que nem sabia mais quais eram os números que passavam pelo meu cérebro. Tentei vários, várias vezes, e nada. Continuava trancado.

Então, lembrei de todos os pensamentos que resumiam uma espontaneidade nata da cabeça. Olhei para o cadeado pela última vez e comecei a mexer aleatoriamente com os dedos. Enquanto olhava para a TV, tentava não pensar. Mãos e mãos. Do 000 ao 999. Quantas possibilidades? Mil números possíveis. Qual a possibilidade de acertar assim, no escuro? Fato é que... Tá! Um tiro na lata. O cadeado abriu. Olhei para os números. Como não tinha me lembrado deles? Eram óbvios para mim, e ainda mais para o atirador.

•

Nosso amor em um outdoor

Uma vez, uma pessoa me disse que não gostava que banalizassem o "eu te amo", porque amar era um verbo muito complexo para ser gasto com pouco critério. Depois, ouvi de umas pessoas que, quando alguém faz a boa ação de ajudar alguém, que não se deve sair contando por aí o que se fez, para não usufruir dos méritos da própria atitude, ou seja, que o altruísmo deve ser discreto.

Essas opiniões reverberaram tortas em mim. Comecei a me questionar se o amor deveria ser mesmo um sentimento tão complexo assim, e se uma boa ação deveria ser mesmo discreta. Em algum lugar, essas informações me pareciam ter alguma ligação.

Primeiro do amor.

Entendo quando dizem que para falar sobre amor é preciso ser verdadeiro, mas já não entendo mais quando temem a sua banalização. Seria um grande crime banalizar o amor, ao ponto de "eu te amo" ser quase um "bom dia"? Pois se amamos de repente aquela flor que ganhamos de surpresa, aquela criança que nos sorri nos ombros de um pai que caminha na nossa frente, na calçada, aquele bichinho que de repente chega esperando um carinho... Por que então não conseguimos amar aquela pessoa que trabalha apenas sentada do nosso lado, ou aquela mulher que passa o cartão no caixa do supermercado, ou até mesmo aquele cara que fica parado de costas bem na porta do vagão do metrô, ou aquela pessoinha pequenininha que você vê de longe lá do outro lado da avenida?

É realmente um grande pecado ostentar uma boa ação? Seria um crime ver todo mundo postando uma foto com um morador de rua que acaba de ganhar uma roupa, com a senhora que foi ajudada ao atravessar a rua, ou aquela moça que te ofereceu o guarda-chuva aberto enquanto vocês esperavam desconhecidos o sinal de pedestres abrir? Uma rede de ostentações de afeto, uma propaganda de união? Sentiria o andarilho mais ou menos frio se o seu casaco chegasse de um jeito discreto ou divulgado nos jornais?

E se amanhã eu entrar no elevador e, ao olhar para você, no lugar de dizer "bom dia", eu disser "eu te amo"? O que você vai pensar ou dizer para seu neto? Com que cara vai olhar para a sua esposa ou com que força vai apertar a mão do seu filho? O que vai responder para mim, menina?

Não tenha medo de amar qualquer pessoa, em qualquer segundo de contato que seja. Exiba seus afetos e influencie novos acolhimentos.

Isto é uma propaganda.

•

Bafafá (de horas) no mercado

Agora, agorinha, com o carrinho cheio de lentilha e arroz, entrei em uma fila gigante, que contei ter umas quatorze pessoas, para pagar as compras no mercado. Lá do fundo da fila, imaginei dois caixas trabalhando na outra ponta, daquelas filas que se dividem na hora que chega a sua vez.

Um tempo se passou e chegamos então na ponta. Antes de mim estava uma família de São Paulo, com quem eu conversava e que contou que passará a virada no Rio. Logo depois de todo o trajeto, um funcionário do mercado informou que todos nós estávamos em uma fila preferencial. Olhei para cima, e uma plaquinha verde-água confirmava. Olhei para trás e ninguém no perfil para passar à frente. Fizemos um "ok" e continuamos aguardando a nossa vez chegar.

Chega então, na frente da fila, uma senhora. "Um absurdo isso, as moças ali com criança de colo na outra fila, e aqui na preferencial um monte de jovem passando." Olhei para os lados e vi duas moças com crianças no colo, olhei para trás e conferi novamente que em nossa fila nenhuma pessoa do perfil preferencial estava. Nem velhinha, nem grávida, nem criança em colo.

Volta a senhora, agora virada de frente para nós. "É por isso que o Brasil está assim." Chegou a vez de a família passar as compras. A senhora agora ressurge chocada, com a família fazendo isso, e vem brigando com o rapaz que trabalha no mercado, o que avisou que a fila era preferencial. Doido para ir para casa, com as portas do mercado já fechando, e sem entender a defesa da senhora, explicava que não tinha o que fazer, que as pessoas estavam passando as compras.

Ela olha então para mim.

Agora era eu a ponta da fila. Muito indignada, mirou as frases para mim, esperando uma aprovação. "Os jovens chegam e entram na fila preferencial. E ninguém do mercado diz nada." Concordei com um sorrisinho educado.

O caixa liberou para mim, olhei para trás e não vi nenhum velhinho na fila. A senhora quase teve um troço ao me ver colocando as compras no caixa. Logo eu, o confidente dela, o do sorrisinho. "Você também vai fazer isso na fila? Sai da praia, entra aqui a hora que quer, e entra na preferencial?"

Pensei: "Nossa, to com uma roupa tão verão que parece que fui à praia". Cheguei nela e disse: "A senhora tem compras para passar?". Para minha surpresa, já que ela não tinha nada nas mãos em todas as idas e vindas, ela responde: "Sim, eu estou lá no final da fila!".

A velhinha da fila era ela.

•

Mãe e pai

Lembro quando te abracei e pensei: "Minha mãe é uma menina!". E, depois disso, o mundo se abriu para mim.

Um olhar que veio sem exigir uma maturidade perfeita. A reação ideal. A atitude mais impecável. Hoje, uma menina que cresceu menina. Uma história.

Se existem outras vidas e nelas pessoas foram magos, alquimistas e rainhas, você foi meu anjo protetor. Se a vida é apenas esta, e nela temos você, obrigado, Deus, por podermos olhar nosso anjo protetor todos os dias.

Quando falo "menina", já te disse, somos todos meninos. Os dias passam tão rápido que não dá tempo de alcançar todas as utopias que nos impomos. E, de repente, nos vemos em situações em que o mundo se ajoelha diante de nós, como um filho que espera um conselho, uma prova de resistência, um teste terreno, no acelerador da vida, onde o profundo muitas vezes passa como ar por duas janelas.

Mães, em contrações e adoções, tocam no divino, geram vidas como Deus. Big bangs femininos. Encostam na vida como Van Gogh em seus girassóis de sangue. Como Michelangelo em seus gritos de pedra. Cuido de você como um filho que admira a mais genuína fragilidade do seu existir.

Filho que é grato por merecer uma mãe tão formato mãe, em seu sentido mais puro. Filho que cresce para poder alcançar toda a educação e paz vista em você, que encontrou seu par no mesmo mar.

E te amo como um artista que se apaixona pela própria obra. Como um filho que vê nascer, diante dos olhos, um ser tão lindo e perfeito, que acaba alcançando sensações divinas, por estar perto da natureza em sua essência mais pura.

Minha menina, estamos juntos por onde for.

Obrigado e obrigado.

Seu menino.

Sempre achei um pouco estranho ouvir que a pessoa tem a melhor mãe do mundo. Fico feliz pela pessoa, mas penso que é um tanto grosseiro você afirmar isso sabendo que existem tantas mães por aí, que nem sabemos como são.

Mas é claro que isso sempre é uma verdade, quando é dita. E quando não é, uma parte do desconhecer pode estar no filho. Cuidamos de nossas mães como se fossem nossas filhas. Aquela filha que, mesmo que bagunce a casa da visita, não achamos que há o direito de a visita reclamar.

A força de uma mãe é tão grande que, no meio de tantas infantilidades dos equívocos necessários de um adolescente, conseguimos brigar quando ouvimos como retorno de uma ofensa: "Tua mãe!". "E eu que dormi com sua mãe?" Adolescentes. Eternos filhos corujas.

Dizem que antes de nascer escolhemos em que casa queremos nascer, com que criação queremos evoluir, e, por isso às vezes é tão revelador para os dois lados, e por isso somos oportunidades de evolução para nossos pais, assim como somos criados para evoluir por eles. E por isso culpamos nossos pais de formas rasas quando somos muito jovens para descobrir que temos entranhados em nós quase todas as qualidades e os defeitos dos nossos colos, alguns mais na superfície, outros mais perto do fundo, onde nadam criaturas desconhecidas e de poderes imprevisíveis.

Li esses dias o título de uma matéria que pedia o fim do Dia das Mães nas escolas. Porque dói não ter mais a mãe de carne e osso e não poder mostrar que ela está junto no dia da comemoração (elas sempre estão), e é muito evoluído ter dois pais, porque é muito preciso ser criado por uma avó, e lindo ter sido gerado em uma barriga e embalado em outra, ter uma mãe que é pai e mãe...

As mães se fazem em pessoas de amor infinito. Mãe é mãe. Daquelas saudades das que estão no céu, em outras cidades, ou deitadas ao seu lado. De toda a dor do parir, das mudanças no corpo, da força de ser um pouco de Deus, vocês nasceram com a liberdade de construir a vida. Feliz dia das mães!

Vocês são as melhores mães do mundo!

Amendoim, sorvete, Coca-Cola, livros, você no tapete marrom.

Sempre silencioso, rompia um universo particular para fazer as piadas mais engraçadas e responder nossas perguntas infinitas na hora do almoço.

Eu pensava: "Quero ser igual a meu pai, mas não sei se lerei tantos livros".

Desenvolvi, então, o gosto pela leitura, o interesse por assuntos distintos, a capacidade de desenhar igual você. Lembro de pedir ajuda para fazer algum desenho e você dizer: "Faz, você tem que fazer".

Pai, obrigado por todo o amor, por dar sempre um jeito, por criar eu e o Rafa sem bater na gente, por ensinar que é possível viver sem ficar sofrendo por tudo, que a paz interior é o mais importante.

Sei que você diz que Dia dos Pais não tem a mesma graça que Dia das Mães, mas nossa mãe não seria nossa se não fosse por você. Moramos longe todos nós, mas a pessoa que sou hoje tem você em todos os segundos da minha vida.

•

•

Dedico este texto aos pais, às mães que são mães por causa dos pais, aos filhos que são filhos por causa dos pais, pois somos todos um pouco de pai, do pai, e da mãe natureza.

Que o Dia dos Pais seja uma oportunidade de repensar. Quantas vezes julgamos nossos pais por alguma falta? Pois, como filhos, esperamos o exemplo, a perfeição dos guias que temos desde o começo. Já do lado deles, como é difícil ser exemplo de maturidade, quando maturidade nunca se tem totalmente, quando a vida de repente te traz um ser que precisa de um caminho, quando os próprios caminhos são tão incertos.

Então, é no amor que temos a estrela-guia para conduzir os passos, para sugerir perdões, para propor abraços, reconciliações, repensares. A vida passa tão rápido! Que pais e filhos se procurem, estejam perto, sabendo que devem à vida, ao amor da natureza, ao parir das energias, aos estouros de luz, ao pai. Pais do céu e da terra, que vivem em nossos corações, no sangue, nos traços físicos e de personalidade, da linhagem, do primeiro respiro, do primeiro choro, que esse dia seja de gratidão pela fusão do bater da vida, que faz gerar seres do futuro infinito.

Feliz Dia dos Pais!

•

Por onde Deus está

Pena que fragmentamos Deus. Sendo assim, alguns acharam uns pedaços por aí e saíram cantando a vitória por terem encontrado um Deus completo. Então, cada um olhou para seu pedaço e tentou entender o que tinha na peça que tinha na mão. Bem, olhando assim parece uma árvore, mas se virar parece um rio. Aqui parece uma mulher, mas é uma roupa aqui? Uma pata de um bicho? Do lado direito, um disse que Deus eram todas as peças, mas, do outro lado do mar, outro gritou que a única peça verdadeira estava por lá e que nela dava para ver quase tudo, mas mais para baixo disseram que tinham uma peça melhor em que dava até para ver o sol.

Enquanto isso, Deus, segurando a caixa do quebra-cabeça, ficava se questionando por que cada canto não desejou se unir para ver a figura inteira. Peço perdão pela minha escrita um pouco pedante, mas é porque, onde moro, pegamos uma peça em que Deus parece um ser humano. E de humano a gente finge que entende.

Então, Deus cansou de brincar, como uma criança que cansa e pensa em outra coisa, mas manteve os olhos, com um olhar de canto, em todo o seu desenho. Aflito, um dia distraído, esbarrou em uma peça com o dedo lá onde achavam que ele gostava mais dos homens do que das mulheres, e o chão tremeu. Deus, então, se assustou ao ver que algumas crianças tinham se machucado e fez com que o mundo olhasse para elas, para ver se tentavam juntar todas as peças, mas não viu ninguém olhar.

Tremendo, tentou então mostrar o sorriso de uma família que não tinha mais os dentes e ninguém olhou. Uma moça que nunca tinha tomado banho em um chuveiro, um animal abandonado no parque, uma camiseta de escola queimada de vermelho... E quando, já inquieto, vendo o mar invadir montanhas por onde corriam seus cavalos preferidos, parou em um lapso de pensamento e percebeu que estava sozinho, porque o mundo não queria mais brincar.

•

Curvas

E se eu andasse até aquele morro onde tem aquelas árvores para ver o que tem lá, e levantasse aquela pedra? Quantas vidas já pisaram ali? O que tem atrás daquela rua ou embaixo do banco daquela igreja...? Quem fez aquele banco de madeira que está na praça? E agora, quantos dormem, correm, cantam?

Sinto uma curiosidade de andar pelos lugares, de fazer a curva daquele caminho de terra. Quando fui para a Argentina, me enchia o coração imaginar aquelas casas com pessoas falando uma outra língua por corredores que ligavam salas e banheiros que nunca vi. E quem fez aquelas paredes? Fotos em preto e branco, já olhou fixo para os olhos de pessoas que já não vivem mais? Ouvi dizer que o sangue que tem nas obras da Adriana Varejão é para mostrar a vida por trás, por dentro das construções. Quantas vidas ficaram naquela ponte no meio do mar?

Mas este texto não é para falar disso. Era mais para pensar que tem caminhos pelos quais não andamos nunca e que são nossos, e que guardam segredos, situações, pessoas... muitas pessoas. O mundo é nosso. Os filhos que choram são todos nossos. Quem mora naquela casa por onde passei por tantos anos sem olhar para dentro? O que tem naquelas ruas lá embaixo em que nunca fui? E para além daquele portão, quantas vidas?

Disseram que o ar é cheio de vida e morte, mas este texto não fala disso. O que diria alguém lá na neve sobre os meus escritos? E se eu lesse com a minha língua o que sentiria a menina que imagino agora sentada na noite da neve com seu casaco vermelho? Tem alguém dormindo agora naquelas casas de neve, tirando um cochilo depois do almoço? Quanta vida precisaria para conhecer todos os lugares e pessoas?

E aqui, onde deito, na terra onde está minha casa, quantas vidas pisaram, passaram em todos esses milhões de anos? Que plantas, animais, sons? Quanta vida há, houve e haverá? Será que é esse o sangue das paredes nas obras dela? Olhei para o fogo esses dias e fiquei pensando como queima a lenha. E então falamos sobre quando viram o fogo pela primeira vez. Acho que não teve...

Pinta

Eu tenho uma pinta na perna direita. É mais branca do que eu e comprida.

Minha mãe tem também, só que a dela veio de uma queimadura no cano de escape da moto do meu pai, quando estava grávida de mim.

Eu nasci com a pinta. Uma vez falaram para ela que essas coisas acontecem. Ela não acreditou muito, nem acha que pode ser isso exatamente, mas, a minha pinta e a dela são iguais, do mesmo tamanho, da mesma cor, no mesmo lugar, na mesma perna.

Só que a minha eu nasci com ela, e a dela, ela queimou quando estava grávida de mim no cano de escape da moto do meu pai.

●

Noiva

Faríamos a peça *Senhora*, de José de Alencar, na escola, e eu consegui alguns vestidos com minha tia para emprestar para as meninas que fariam a apresentação. Eram vários, pois minha tia é costureira e tem muita roupa guardada e parada. Entre eles, havia alguns vestidos de festa que já tinham acontecido há muito tempo, e um deles era de uma festa de quinze anos de alguma filha dela, que acho que nem usamos na peça, mas estava lá no meio do meu armário.

Era noite, e eu e alguns amigos estudávamos para uma prova. Lembrei do vestido e ele foi a nossa emoção para matar o tédio daquele momento. Lá no Sul há umas histórias (quase toda cidade pequena tem) de espíritos de noiva que aparecem em alguns lugares. Tem até uma, de um espírito famoso de uma fábrica, acho que uma madeireira.

Coloquei o vestido, pus uma peruca ressecada que nem sei quem me deu, e vimos em mim o espírito de uma noiva. Estava realmente bom. Nessa época, minha rua não tinha luz de poste e, sem exagero, a lua azul contribuiu com tudo naquele dia, menos para estudar para a prova. Fui até a rua, e meus amigos seguraram um pano preto em volta de mim, que usei em uma apresentação em que eu sussurrava "morte" em um dia que um besouro pousou bem na minha cabeça, e eu não podia me mexer. Fui descendo gruindo (achei que o corretor ia sublinhar grunhir), e o susto que as primeiras vítimas levaram foi surpreendente e motivador.

As pessoas corriam, todas muito assustadas, algumas avisavam as que estavam na frente e ainda não tinham me visto, e corriam. Duas meninas até pararam para me jogar pedras e me chamar de gorda, o que dificultou minha interpretação, porque eu queria rir e não podia. Então, eu ri como aquela noiva conseguia rir sem perder a morbidez.

Um senhor avisou uma senhora que carregava uma sacola de mercado logo à frente: "É *visage*!". Visagem, é assim que chamam lá essas aparições. Como era um senhor muito simples, falava "visage" sem o "m". Os dois também correram. Até dois meninos que pensei que fossem me bater foram os que mais correram. Então chegou a vez de uma menina que tinha estudado com meu irmão. Ela morava lá para cima e era irmã da que me chamou de gorda com a amiga

Quando desci com meus grunhidos e contorções, ouvi o primeiro grito dela, que ficou apavorada. Voltou gritando pelo caminho que tinha feito e creio que foi pedir socorro na pensão da mulher do nosso vizinho caminhoneiro. Do muro de casa, nós víamos, protegidos, a movimentação. Passou um carro de polícia e parou, e ela começou a falar com eles. Com medo de uma possível revista da polícia, ou algo do tipo, uma visita talvez, um bater de palmas lá fora, pedi para os meus amigos inventarem para a colega do meu irmão que estávamos ensaiando uma peça de teatro. Os policiais foram embora e ela voltou a fazer o caminho.

Lá de baixo, na rua escura, mas mais iluminada que a minha, ela gritava: "Vou conversar com a sua mãe, Jefferson!". Boatos ou não, fui saber depois, não sei como, que o homem que correu com a mulher das sacolas tinha passado até mal. E o melhor: o boato correu. A senhora que trabalhava na casa do meu amigo que estava comigo no dia da noiva veio perguntar para ele como ele voltava para casa depois de ir na minha, dizendo que lá perto de onde eu morava tinha uma mulher louca que se vestia de noiva. Até uma conhecida minha soube das aparições. E tem medo de passar por lá até hoje.

Hoje, que eu digo, até onde eu soube. Mesmo sabendo que a noiva era eu.

•

Preciso comprar Vanish

Quando eu era criança, queria muito ter um computador. Como meu pai não comprava, fiz greve e parei de falar. Uns meses depois, o computador chegou. Algumas greves funcionaram, outras não. Deu certo com o urso que virava guaxinim também, que nem sei mais onde está.

Cresci, fui morar com meus tios em Curitiba, e depois, por muitos anos, morei com a minha avó no Rio de Janeiro. Depois, eu queria morar sozinho porém achava que não seria possível. Mas pensava: "Todo mundo diz que quando você decide morar sozinho, a vida dá um jeito".

Agora, lavando roupa, fui tirar as peças secas do varal e vi que algumas roupas brancas estavam com umas manchinhas. Acho até que essas manchas apareceram depois que lavei, não sei. Da última vez, coloquei pouco sabão para economizar, mas a roupa não ficou cheirosa. Agora, dessa vez, coloquei dois tipos de sabão, ficaram cheirosas, mas apareceram as manchas.

Lembrei do Vanish.

Eu estava indo para a análise e comecei a chorar muito (tem dois anos isso). Eu tinha acabado de assinar os papéis para morar sozinho em um prédio que, depois descobri, por causa das colunas, ser arte do Oscar Niemeyer, que dizem não ter obras funcionais, mas que, no canto onde a arte talvez falou mais alto que a funcionalidade, coube certinho a minha geladeira. Só sei que, andando para o analista, comecei a chorar muito, pensando que poderia ser uma loucura morar sozinho, e, mais que isso, lembrei do computador, do guaxinim e das greves para conseguir o que queria. Lembrei até do dia em que eu queria hambúrguer de madrugada e minha mãe disse que não. Era muito tarde e ela estava cansada de dar amor. Ela trabalhava de dia, dava aula à noite, fazia mestrado nos finais de semana em outra cidade, e eu ali, como um potencial grevista.

Só sei que, agora, depois de dois ciclos de seguro fiança, tirando a roupa do varal ou da corda (como chamam no Rio; varal era lá na região das greves), fiquei pensando que até na roupa cheirosa ia dinheiro, e muito. E também na escola particular, nas roupas novas, nas festas, nos dentistas (meu Deus, nos dentistas!), e a mãe trabalhando para vivermos em quatro, e o pai trabalhando para vivermos em quatro, e o grevista de cabelo tigela sem a mínima noção de mundo e do que o mundo viria a ser.

Aqui perto de casa, agora a caixa de leite é o preço de uma vaca na época das greves.

Um pouco de caos: Cada coisa serve para uma coisa, limpa melhor o fogão, o produto do fogão, e para o vaso sanitário precisa de outro, para a roupa branca tem um produto, para a preta, outro, as de cor umas não podem se misturar com as outras, no armário de cozinha ficam melhor os pratos que no de escritório (que fingi que teria a mesma competência), que lavar louças é obra do infinito, que cabelos gostam mais do chão do que da cabeça, e ainda mais dos panos, eles não saem dos panos, não saem, se opostos se atraem, menos é mais e cabelo é pano de chão...

Para não enfeitar demais e perder a funcionalidade, que não sou Niemeyer, só quero dizer que chorei há dois anos, na rua, pensando no quanto somos injustos com nossos pais por não termos a noção do quanto o amor exige, de quanto amor há por trás do que não é dito, que amar exige muita disposição, que é possível viver sozinho, que cada coisa tem a sua funcionalidade, que hoje a vida deu um jeito de me fazer morar sozinho, e que quem ajuda muito é a vida mesmo, a vida sempre dá um jeito, vida incansável que acorda e deita o cara que comprou o computador, e o guaxinim, a mulher do hambúrguer, e das roupas limpas, e das massagens no pé fechando os olhos a cada aperto, para eu dormir sozinho nas paredes de Oscar.

E que preciso comprar Vanish.

Sem greves e caótico como um dono de casa, eu.

Sorte

A gente é muito sortudo, né? De verdade.

Eu estava pensando agora que sou um sortudo, e você é também. A gente deseja sorte para as pessoas e torce para ter também, mas a gente já tem. Claro que papo de sorte é uma coisa batida, clichê, que perde o valor de tanto ser dito. E de perder o valor a gente perde a noção de que é verdade, mas não perde a sorte. Sorte é.

A gente lê mensagens em computador, em celular. Olha que sorte! Por ter computador ou celular? Também! Por ler? Também! Por ser a gente? Também! Por a gente se ter, e se conhecer e se ler. E ler.

Talvez aquela pessoa que acordou cinco horas antes da gente para trabalhar na lavoura e não sabe ler, mas que tem a gente dela, também tenha a sorte dela, de ver o sol, de mexer na terra, de não pensar em um computador ou em um celular. A sorte está por aqui e por lá.

Mas a gente acha que não. E sofre. E temos sonhos. E os sonhos parecem esperar a sorte. Mas os sonhos apenas alimentam a sorte que a gente já tem.

Que sorte.

•

Sincronicidades

Entrei no avião, a filha dele me conhecia, mas não estava junto. Disse que descobriu minhas vozes por ela e que gostavam. Ele desenha, me disse. Eu também. Falou que me daria um presente quando o avião chegasse ao Rio.

Antes de embarcar, eu estava ouvindo, e não sei quantas vezes já ouvi por esses dias, a música Georgica Pond, da dupla Johnnyswim, que tem o álbum com mesmo nome. Chorei lendo a letra e imaginando as imagens, um clima de outono talvez na canção, e me deu saudades do dia em que não estarei mais aqui, e dos que continuam sem ser vistos como antes.

Alguns olhos para mim perceberam minhas lágrimas. Mais uma vez, como que amando me emocionar, me concentrei na letra da canção e embarquei. Quando descemos do avião, nossos sorrisos, o meu e do artista de chapéu que tem a filha, abriu sua pasta para me dar um presente. Com uma energia de coração do bem, mostrou obras de um gênio. E agora, as lágrimas voltam porque a vida tem dessas, pessoas, de coração, e encontros. Eram realmente lindos. Amei e escolhi um dos primeiros, em preto e branco, e ganhamos um abraço.

Nisso, uma menina parou nossas palavras, disse que me viu chorar, e que ela e a amiga estavam cuidando de mim em mensagem. Conversamos os três. Ela comprou dois desenhos. Ele irá expor amanhã no Museu do Amanhã, como brincou. Falamos os três sobre a força deste ano de colheita, como é visto em algumas linhas. O ciclo que está expondo os bons e os corações turvados. Coloco seu desenho sobre o céu que pintei na segunda vez que me aventurei pelas tintas, em um desejo que tive um dia de materializar meus pensamentos em nuvens. Foi um pouco antes de subir para lá que sorrimos.

Agora, as sincronicidades: Um dia depois, pesquisando, descobri que o desenho que escolhi é de uma planta típica de Santa Catarina, de onde eu sou, e é chamada de Georgiana, nome muito parecido com a música que eu estava ouvindo (Georgica Pond).

•

Maestro das energias

Dizem que, antigamente, os seres liam o pensamento de outros seres, e que ouviam até Deus. E que os textos de antigamente guardam segredos, que se você ler muitas vezes, descobrirá detalhes que nunca tinha percebido antes. Antes também estávamos mais desbloqueados para energias mais finas. Li que os que ainda entram em contato, sentem o nariz sangrar. É perigoso misturar energias. Minha mãe me disse uma vez que eu falava a palavra "energia", e então ela usou também para se fazer entender. Sempre lembro disso.

Esses dias, pensei nela e ela queria falar comigo. Em um texto, eu disse que alguém poderia quebrar uma garrafa em uma briga, e, um tempo depois, vi essa briga acontecer no mesmo lugar, com uma garrafa. A banca também era azul, percebi depois, como eu havia escrito. Na esquina da mesma rua, senti que deveríamos entrar no metrô, e disse isso para a minha amiga, pois antes nós iríamos andando. Mais tarde, soubemos da morte de uma pessoa por ali, com policiais e tiros.

Lembrei agora da entrada do túnel em que cinco meninos armados levaram o carro de uma outra amiga, e eu estava junto. Minha vida parou ali, em suspenso. Disse o nome de Deus e eles foram embora. Mais pra cima, uma mulher com seus filhos estava assustada. Pensei que fomos colocados na linha de frente como forma de proteção.

A primeira vez que aconteceu, vi uma amiga chorar em um sonho, um dia antes do pai dela morrer. Assim como chorei uma semana antes de o meu tio partir. Na mesma semana em que a filha dele chorou enquanto orávamos. Quando me aproximei da espiritualidade, comecei a ver mais coisas. O menino que se jogou, o homem que caiu, os dois atropelamentos no mesmo dia.

Às vezes, tenho medo de evoluir a ponto de morrer. Talvez por isso tanta gente boa vá embora cedo. Alguns perdem o contato com aqui e por isso sangram narizes, mas é preciso evoluir muito para morrer de tantas vidas. Hoje percebi energias do bem que encosto com o pensamento e com a respiração, onde o mal não alcança. Mas sempre é possível sentir um desconforto ao aproximar alguém do divino.

Podemos ser maestros das energias, pois também somos o passado. Não devemos nos lamentar, não nos deixarmos levar. Dizem que está tudo muito perto e que o bem protege em progressão. Somos tudo o que já fomos, guardados em algum lugar, que se aproxima a cada passo no sentido do coração.

•

O amor não tem hierarquia

Sempre desejei ser muito conhecido. Pensava que seria o máximo ter que ir embora de um shopping por não conseguir andar. Um pouco antes de a vida desbloquear alguns caminhos para mim, me dei conta de que algumas pessoas se deslumbram quando estão famosas para tentar compensar uma frustração. Então, fingem para si e para os outros serem pessoas especiais, porque descobrem que a fama não tem nada do que parece de fora.

Ser famoso inclui uma imagem que as pessoas querem que um famoso tenha. Esperam que ele seja metido, torcem para que ele caia, gostam de fofocas, de fazer sensacionalismo com sua vida, com sua sexualidade. É um retrato da sociedade que se equivocou ao dar razão sempre para o cliente grosso, para o pedestre que atravessa fora da faixa, para o fã que se dói pelo sucesso de um semelhante, o artista banalizado no lugar da figura pública, que de pública não tem nada. Desenvolve seu trabalho de forma privada e não usa o dinheiro do povo, como políticos.

No mais, quanta gente linda e amada.

Li esta semana que se você tem medo de lobos, não deve entrar na floresta. Mas penso que cuidamos dos lobos e ficamos amigos, e hoje os consideramos os melhores. Venho para amar quem me encontrar, sem compromissos, e estou à disposição para tentar mudar um mundo de desvalores falidos para aguardar junto com todos o novo, que já é agora.

•

Se minha mente fosse um diário

Acho que preciso escrever, como preciso desenhar às vezes, porque esvazia e preenche algo. Dizem que para que algo invada, é preciso ter espaço. Mas o vazio também guarda. Este texto começa com um sentimento e termina embaixo de uma árvore. O meio está entre o que quero e o que farei.

Pensei hoje que uma pintura tem uma forma própria de falar, e que se você explica o que ela quer dizer, por mais que a obra seja sua, a descrição será outra obra, porque as palavras têm a arte delas.

No café de manhã (e como é bonito quando alguém fala que tomou um café bem cedo), percebi que contenho um amor em mim por pessoas que conheço pouco. Era ela na minha frente, mas ontem à noite eram outras pessoas. Amo a pessoa e seguro em mim um desejo de ficar junto, de conhecer mais. Fiquei feliz de notar os óculos do repórter, os tênis da jornalista, os cabelos, as sardas e os olhos de desenho do ruivo que falava diferente de todos os outros diferentes.

Tentei ser poético agora e acho que viajei.

Estou quase nas nuvens, dentro do avião. Tem algo em mim que ainda não saiu. Meu coração tem pulado forte e meu desejo agora seria parar um pouco minha cabeça. Tenho tentado dizer para mim: "O mundo que espere", isso é libertador.

Duas coisas que gosto de fazer: pedir informações na rua para pessoas mais simples, para crianças ou para pessoas bem velhinhas. É tão bonito de ver. E a outra coisa é dizer para a pessoa que fala mal de alguém que esse alguém adora a pessoa. Façam isso. É uma mentira boa e gera coisas boas.

No fundo falo, mas tudo o que queria era ler o livro do Jung que comprei, e que anda na minha mochila querendo minha atenção, deitado na grama, ouvindo os pássaros que sempre cantaram no Sul e me fizeram procurar as buzinas.

Sinto falta.

E este fim poderia ser um ótimo começo para este texto.

Saudades da minha alegria

Como faz falta!

É engraçado como a gente sente quando alguém que a gente ama vai embora. Uma semana antes de minha avó partir, eu já não estava muito bem. No meio dos agitos da vida, dos textos e vídeos, meu sangue corria mais forte.

Sinto que, independentemente de como a gente vê a morte, ela é sempre triste. Ela vibra nas saudades e as saudades doem. Doem de amor e as dores são tristes. Mas que bom quando alguém deixa saudades, não é? Pois é a prova da falta, do lembrar, de querer falar e não ser mais como antes.

Agora é fechar os olhos e sussurrar, sem atrapalhar os passos. Conversei com minha mãe sobre materializar as saudades. Acender uma vela, fazer uma oração, lembrar mesmo, falar alto. No estacionamento do hospital, depois que minha avó faleceu, sabia que ela estava assustada e perto da gente. Fui no carro, guardei as coisas, e pedi permissão para falar com ela. Meu ouvido deu um apito de vento, nunca mais vou esquecer. Voltei um passo e já não era mais.

Vó, vibraremos nas saudades sempre, na tristeza de não tê-la aqui, para que você sinta a alegria de ser amada para sempre.

Vó, o que dizer quando a poesia da vida é mais forte do que tudo?

Que seu caminho seja lindo. Obrigado por ter sido uma parte de mim antes de eu ganhar a vida. Às vezes, olhava para você tentando me achar nos seus olhos. Se não fosse você, eu talvez não estivesse aqui. Ou os caminhos seriam mais difíceis.

Além da vida, você me deu todo o amparo para a minha profissão. Meus sonhos são quase todos parte disso. Então, obrigado por me permitir viver meu sonho.

Quando eu era mais novo, dizia que os sonhos eram uma pista do destino. Contigo pude caminhar por ele e viver uma teoria. O Gui tem seus olhos, os da mãe, do pai, do Rafa, da Ra, e do ciclo da vida. Te amo!

Lembrarei sempre de você enquanto minha arte estiver viva. Estaremos vivos então para sempre, pois quando tocamos um coração, ele alcança o infinito.

•

O que você pensa é o sussurro deles

Às vezes, penso como deve ser difícil organizar a vida de alguém. A agenda, as proteções. Me falaram que cada ser tem um anjo protetor, que pode mudar com a profissão ou com o nível espiritual do colega.

Assim, você antes pintava e tinha um anjo pintor, agora você começou a tocar violino e desceu um maestro para te acompanhar e te ajudar com um olhar de quem entende. Assim como as aptidões, a espiritualidade também atrai. Quanto mais grato, mais forte é seu anjo. Mas ele pode também se despedir por um deslize seu, por perder a permissão de te acompanhar.

Só anda contigo quem combina com sua ligação com a natureza. Tenho pensado que a imaginação e a realidade são a mesma coisa. O que você pensa é o sussurro deles, e por isso os sonhos parecem verdade. E por isso agimos em cima do que pensamos.

Minha avó teve febre antes de partir, creio que a vida estava preparando-a para o sonho, para acordar na nova vida. Talvez isso tudo seja imaginação.

Bom, eu acredito nisso. E, se acredito, já é verdade.

Um guarda-chuva de nuvem

Enquanto você espera a chuva passar, talvez a vida tenha te dado aquele tempo para você pensar em algo que vai te fazer bem.

Mais para a frente, aquela moça que corre com a pasta na cabeça, triste pelo seu pingente estar molhando, vê seu corpo chover para chegar em casa e receber a toalha do seu namorado, que há dias não fazia um carinho daqueles mais bonitos, escondido nas sutilezas de uma gentileza.

Do lado dela, que acabou atravessando a rua, o senhor de camisa xadrez não pegou tanta chuva, e olha que ele andou mais quadras que a moça. Mas é que ele precisava dizer para o pedinte que a chuva até que estava leve, para ver o sorriso do moço que, no chão, não tinha se molhado naquele dia para proteger as roupas lavadas na torneira que ele deixou aberta no meio das flores vermelhas do jardim daquele restaurante.

Já para as flores a água tem sido muita, e por isso, com a chuva, ficam se sentindo injustiçadas pela vida. Mas elas precisavam pensar sobre isso.

Eu queria conseguir te fazer pensar nisso. Em uma vida com aquele desenho de nuvem em cima da cabeça de cada um. Que os caminhos da vida são tão precisos, que a água que cai sobre mim pode não ser a mesma que cai sobre você, mesmo que estejamos de mãos dadas correndo na rua embaixo das mesmas nuvens.

•

Frestas

Esses dias entendi que Deus é como raios de luz que atravessam telhas de vidro em um galpão. Quando você pensa nele, faz uma oração, ou age de coração puro, o sol bate naquelas telhas e ilumina você. O sol é uma luz que entra por todas as frestas.

Isso me veio quando pensei que deve ser difícil tomar conta de tantos desejos daqui debaixo. Mas, como dizem de luz eterna, de levar a luz, de seres iluminados, entendi a pista. O mundo é como uma caixa de sapato fechada, que furamos com pequenos alfinetes a tampa.

•

Meu caderno

A capa do meu caderno era uma foto de Fernando de Noronha. Eu olhava para ela dentro da sala de aula, em Santa Catarina, quando estava na quinta série. Eu não gostava muito da escola. Gostava dos professores, mas não tinha disciplina. Na minha cabeça, eu queria ser ator, e tinha uma certeza de que seria, de que não tinha outra opção.

Um pouco antes de entrar no meu caderno, eu estava assustado. Eu agora sou ator e estava tentando cuidar de todo mundo que apareceu. Entre o abrir e o entrar no caderno, aprendi a ter disciplina no teatro, mas precisei me esforçar. No teatro, você encontra muita gente que gosta de ver teatro, e por isso acha que sabe fazer, assim como gente que ri de comédia e acha que é engraçada, assim como o médico que quer ser médico para usar jaleco.

Uma coisa que aprendi é não ficar me justificando para o diretor. Isso no palco. Anos depois, com o meu sonho realizado de ser ator, recebi o convite para velejar até a capa do meu caderno. Estar com a família Schurmann me desligou um pouco do mundo e me fez voltar ao meu sorriso puro. Eles não reclamam das coisas e são gratos. Luzes que deslizam pelos oceanos.

Deus, devo ter feito algo de muito bom para ter o que tenho. Obrigado. Que eu seja um barco de luz por onde eu estiver, que eu tenha força e sorriso para sempre agradecer, e que eu não me justifique e nem me lamente.

•

Sobre a sinceridade

Alguns comportamentos bons podem não ser sinceros. Por exemplo, quando você está irritado, seu impulso muitas vezes é ter uma atitude grosseira. Mas você pode controlar sua sinceridade e agir de forma mais calma.

Porém, existe uma sinceridade pura, natural, antes do controle, que entendo como algo instintivo e sem o controle racional. Algo como um impulso livre, como uma natureza sem ruídos. Como o ato real dos performers.

Hoje, ouvindo Nina Simone, percebi que é preciso mexer nos ouvidos para conseguir ouvir as músicas dela. O corpo quase treme ao ficar em contato por muito tempo com a obra dela. É mais fácil para o corpo ouvir músicas mais simples, porque o corpo não treme. Estar em contato com a arte exige uma disposição do corpo.

O instinto de uma mãe que levanta um carro com as mãos para salvar um filho, isso existe, acontece. É arte também. Arte é sinceridade. E, por isso, os quadros dos grandes artistas, as músicas dos gênios... são atemporais. Por isso alguns textos podem ser lidos para sempre e serão atuais. Algo como "eu sou a verdade e a vida".

A verdade existe e ela às vezes não é percebida porque o corpo que ouve está bloqueado, ou não aguenta sentir... ver a pintura, a escultura. Se você não aprecia uma obra de arte, fique atento. Provavelmente a cegueira está fora do quadro, da música. Aprimore seus amores pela natureza e terá a permissão de sentir a sinceridade.

•

Dois pontos

Com 38,5°C de febre, fui ao hospital. Já estava com a voz ruim, e depois de imitar por uns minutos uma tia minha que tem a voz meio afogada, terminei de cortar a garganta. Acho que foi a tia.

Um médico me recebeu meio sério e iria olhar antes para o papel, quando estendi minha mão e ele apertou com um sotaque. No final da consulta, um sorriso de canto de boca era mais forte que o rosto fechado, talvez de sempre. Não o conheço.

Hoje, depois de ontem, por uma bobeira nos azulejos, meu pé direito molhado entrou atrás da perna esquerda, e me vi no chão em um segundo, durante o qual olhei a cada milésimo tentando achar um lugar para me apoiar. Embaixo do joelho, olhei um triângulo fundo de sangue por ter raspado no mármore do degrau da porta, e, no meu punho, três arranhões que cintilam molhados até agora.

Na perna, o sangue não parava de sair. Percebi quando entrei no carro para ir à loja de relógios. Já tinha uma hora do tombo. Entrei no carro com uma gaze que colava naturalmente no vermelho. Olhei os relógios e, ao me despedir, contei para as moças que me atendiam o que tinha acontecido. Uma delas disse que ficou pensativa com o meu curativo improvisado e falou que, com aquele calor, seria bom ir ao hospital dar um ponto, porque a ferida poderia abrir. Lembrei de Glória, minha nova amiga, que disse que os anjos falam muitas vezes por pessoas comuns, e que, portanto, é importante estar sempre de ouvidos abertos.

Cheguei no hospital, e agora outro médico olhava minha ferida. Com um sotaque semelhante ao do médico do dia anterior, confirmou que Glória estava certa. Eu precisava de pontos. Sentei e esperei. Nas salas atrás de mim, um silêncio. Enquanto a porta abria e fechava com a chegada de novas pessoas, perguntei para a secretária se ela tinha entregado a minha ficha. Disse que sim, mas que todos da equipe estavam atendendo duas emergências que chegaram pelo outro lado com os bombeiros. Duas irmãs de olhos grandes que estavam ao meu lado eram filhas de uma emergência.

Sentei, então, imaginando o que teria acontecido com as pessoas que agora estavam sendo atendidas lá dentro. O marido de uma das irmãs me perguntou se eu tinha caído. Aproveitei a deixa para saber sobre a emergência. Me contou que sua sogra estava de cama havia oito meses e agora tinha sofrido um possível AVC. Olhei para os olhos azuis da sua esposa, que agora corria sem ter permissão para dentro do corredor. Curvei meu corpo para a frente e lá no fundo vi uma cena de vários filmes, quando o médico dá uma notícia. Ela não tinha morrido. Um homem com a mão na barriga sentava atrás de mim, e agora uma moça com o marido entrava com um pano no olho. Pelo reflexo do vidro na minha frente, vi um olho como uma bola, inchado.

Depois de uns minutos, o médico do dia veio até mim e me chamou para os pontos. Deitei, uma enfermeira limpou meu sangue, contou que os médicos eram bolivianos, e que havia mais um, que não conheci. O boliviano me deu a anestesia e costurou, vi seu nome no crachá. Na saída, a sala de espera estava mais vazia, e as irmãs de olhos azuis, mais calmas. A mulher do olho não vi. O da barriga estava sendo atendido. E eu com dois pontos. E dois dias seguidos de hospital. Estou bem!

•

Fim?

:
DOIS PONTOS

A mulher azul

Ela gostava muito de azul. Tudo na nova casa era azul. Assim que se mudou e deixou a casa que não era como ela queria, comprou duas latas de tinta e pintou as paredes do novo apartamento de azul.

O sofá, que já estava no lugar, mandou estofar de azul. Talheres, até as lâmpadas, azul. Quando saía de casa, escolhia qual jeans ficaria melhor com o azul da camiseta fina. Saía olhando para o céu aberto, um azul de verão. Todos os dias eram quentes. Ficou assim por dois anos quase, feliz, azul.

Um dia, entrou na banca de jornal, atraída por um livro de coleção, da cor que ela gostava. Perguntou o preço e ficou admirada com o azul das unhas da mulher atrás do caixa. Ela tinha mechas azuis no cabelo e um copinho com canudo da cor que elas gostavam. A do caixa já tinha lido aquele livro, disse que era seu preferido, só não gostava de as páginas serem amareladas, mas ainda assim podia ver o azul da capa enquanto folheava os simbolistas. Entre um cigarro e outro, que pintavam com caneta os filtros, agora já amigas, liam os poemas e riam quando não entendiam muito bem as frases rebuscadas.

Uma noite, no apartamento, ela sonhou que pisava em um azul sem nuvens e que para todos os lados só via o azul. Seus pés andavam como pedais de uma bicicleta, alguns passos e ela levantou as costas num grito mudo. Abriu a torneira e bebeu a água do vidro azul, e não dormiu mais. Revirava o corpo no lençol áspero do sabão que caía na água até colorir o transparente. Mas agora, depois de tanto tempo, o azul da manhã veio cinza. Naquele dia, desistiu de trabalhar, era babá em um berçário de meninos. Ligou dizendo que naquele dia ficaria em casa, que não podia ir por não estar bem. Do outro lado fingiram entender em meio aos choros infantis de toda manhã, choros que ela nunca se permitia.

Colocou sua sandália, pela primeira vez com meias, e amarrou uma fita no cabelo para mostrar para a amiga que estava de folga. Ao chegar na porta da banca, viu um laço de fita amarrada da cor que ela nunca tinha visto. Voltou para casa olhando pela primeira vez para o chão, da mesma cor do céu e da fumaça, e lembrou do dia em que riram de poemas que não entendiam, e viu nos olhos azuis da amiga um ponto da cor da fita que não gostavam.

:

Yasmin

Yasmim era o nome dela. Gostava de ficar na parte de trás da carroça dos pais enquanto cortavam as estradas desertas de morros baixos e anuviados. Ficava desenhando sem medo da noite. Sua mãe cuidava, olhava para baixo para conferir se a filha estava bem, chamava por ela lutando contra os sons das pedras nas rodas de madeira, e ela respondia: "Estou aqui!".

Vendiam obras de arte nas cidades vizinhas e sonhavam com o talento da filha, que rabiscava bem seus primeiros bonecos de pesca. Na terceira cidade da semana, conseguiram muitos quadros. Diferentes dos que vendiam, esses foram emprestados pelo próprio pintor, para tentar as vendas na redondeza. Eram muitos e grandes.

Acomodaram de um jeito que a menina pedia, apoiados um ao outro, como que para fazer uma casinha para a menina sentar por entre eles, com as pernas para fora da carroça. Na viagem da madrugada, a mãe, quando perguntava pela filha, via sua sombra por debaixo das pinturas grossas de tinta. Pensando entender resposta quando a coruja cortou a frente, bem perto dos olhos do pai, aceleraram o cavalo e deixaram a menina caída no chão da estrada.

Assustada e diferente do que se imagina, viu lá no infinito de pinheiros uma luz de fogo e andou devagar para pedir socorro. Do lado de fora da casa, três mulheres bem gordas rodeavam uma fogueira cantando com beleza desafinada palavras diferentes daquele lugar. Subiu a pequena escadinha sem fazer barulho e se escondeu ao lado do fogão quente de lenha, que fervia um chá barulhento.

Ficou duas semanas escondida ali. Comia o almoço das irmãs e se divertia com o gato que olhava para ela como quem não olha para nada interessante. Em uma manhã, quando acordou com o forno batendo forte como de costume, com as molas já gastas, ouviu a mais gorda contar que na cidade estavam procurando uma menina, e que pelo sobrenome devia ser neta daquela bem magricela.

E realmente era, mas Yasmin nem conhecia a avó. Sua mãe evitava contato e dizia que não era boa gente, que nem entendia como tinha saído dali. As duas outras ficaram assustadas. Cogitaram trancar a casa e colocar uma placa dizendo que estava vazia, mas não encontravam o livro que Yasmin usava como travesseiro, e não conseguiam lembrar de como esvaziar a casa sem precisar retirar os móveis.

Naquela noite, a fogueira estava diferente, e um cheiro de mato fresco invadia a cozinha, o que fez Yasmin esticar os olhos pela janela de onde tomava seu banho, sempre naquele horário. Na fumaça refletida pelo fogo, viu os braços magros da avó dançarem, enquanto as três mulheres cantavam desafinadas algo parecido com "Na banheira está, com flores do jardim, minha neta, a mais bela, Yasmin..."

A primeira vez depois da última

Já não existia mais nenhum dos seus. Com a dificuldade da idade muito avançada, ficou na ponta dos dedos para alcançar a mala dura que juntava pó e guardava flores artificiais.

Lembrou do dia em que o marido entregou o buquê, dizendo que as flores durariam como o seu amor, na mesma noite em que não acordou, como sempre disse que faria.

Comprou a malinha em uma promoção, sem querer gastar mais na amarela de que tinha gostado mais, com um cadeadinho de coração bem pequeno. Depois, voltou arrependida e já tinham vendido. Colocou sua camisola preferida, o chinelinho de pano que comprou na feira, separou as moedas mais pesadas e tomou um banho com seu perfume preferido. Secou os pés com algodão, os cabelos com a toalha de rosto bordada "sábado", e o corpo deixou secar enquanto olhava a rua pela tela do gato que esteve na janela um dia. Colocou os bobes no cabelo branco, de um lado para fora e do outro para dentro, como sempre quis enrolar. Desceu as escadas pela primeira vez depois da última e subiu quatro quadras.

Lá em cima da ladeira havia um asilo. Por fora, parecia mais bonito do que na foto. Ao ser atendida, perguntou como fazia para morar ali para sempre. A moça não respondeu. Enquanto passava escondida pela porta automática de vidro, que parecia gritar de modernidade ali, ouviu a moça dizer algo ao telefone, em tom de quem não tinha visto ninguém na recepção aquele dia.

Puxou a mala, escolheu o terceiro quarto da direita, dobrou a roupa em cima de uma das camas e deitou. Com um leve sorriso de paz, cochilou ouvindo a televisão, que gritava a novela lá no fundo para vinte idosos. Acordou assustada, sem noção do tempo que tinha dormido, com duas enfermeiras deitando uma senhora brilhosa em seu peito. Apoiou os braços assustada e foi deitar na outra cama.

Um dia, ela estava vendo TV, agora já com os novos amigos, e viu a moça da recepção entrar no corredor pela primeira vez. Um homem esperava lá fora. Ela deveria arrumar as coisas, não podia mais ficar ali. Nervosa, ficou na ponta dos dedos e pegou a mala em cima do armário. Enquanto espirrava a última gota de perfume no pescoço, viu o marido com o gato nos braços pela primeira vez depois das últimas, refletindo os cabelos brilhosos no sol que cortava a porta automática.

"Só hoje soubemos que você estava aqui."

⁞

Vida

Ela fez uma oração e a última palavra antes de pegar no sono foi "vida". E foi com ela que se encontrou. Pisando em cabelos, olhou para cima de uma pedra e viu uma mulher muito gorda e muito bonita sorrir com os olhos de um jeito oriental.

A imagem um pouco cafona surpreendeu a menina, que não imaginava que a vida pudesse se mostrar tão diferente do que parecia. Com um ar um pouco arrogante, a mulher disse que Deus e ela tinham feito tudo, e que ela seria um tipo de mãe complementar, que sem ela nada pararia em pé, nem teria os impulsos.

A menina virou as costas como se uma mão a rodasse no ar, uma peça de cristal. Surpresa, ouviu a mulher de Deus fazer um som de quem pede silêncio, como que para chamar sua atenção. A menina voltou os olhos para trás e viu que a gorda já não parecia mais tão simpática quanto no segundo anterior. Surpresa mais uma vez, se perguntou: "Por que a vida parecia tão inquieta e carente?". E perguntou se ela se sentia sozinha.

Com uma sinceridade de quem não gosta de ser interrogada para não ter que decifrar as próprias neuroses, disse a vida que não, que vivia era cheia de pedidos, e que Deus não estava nem aí, e que, por isso, ninguém encontrava com ele depois que ela ia embora.

Curiosa para ver a reação da gorda, a menina fechou os olhos e fingiu não escutar a vida, e se surpreendeu mais uma vez. Furiosa, a bela mulher em cima da pedra começou a falar mais alto. A menina, então, teve uma ideia: perguntar para a vida se ela lembrava o que a menina mais queria. Prontamente, a mulher respondeu, já com um tom aliviado pelo reabrir de olhos dela, mas um tanto irritada por ter perdido a atenção da pequena por uns segundos.

A menina, então, se surpreendeu e perguntou se a vida sentia rancor.

"Digamos que sim, mas não é bem isso", respondeu sem muita sinceridade.

"O que seria então?"

"Gosto que fiquem me pedindo as coisas para que eu tenha atenção o tempo todo, e não gosto que me virem as costas nem fechem os olhos".

A menina, que ainda tinha a verdade de uma criança, o que é a mesma coisa, fechou os olhos novamente para imitar o oriente da vida e fez um som de quem estala a língua e desconfia, dizendo:

"Você está mentindo! O que mais te chateia?"

"Que mudem os pedidos que fazem a mim", respondeu a vida.

"Por quê?", perguntou a menina.

"Porque é sinal de que demorei demais para realizar o pedido anterior"

"E você se sente incompetente?", perguntou a menina, de maneira atrevida, com as mãos na cintura.

Surpresa pelo termo maduro, a vida levantou o nariz e começou a responder algo entre os dentes pequenos, quando a menina falou dando de ombros:

"Deixa para lá, não quero saber. Eu não quero mais aquilo que eu queria."

virou as costas e começou a caminhar até onde a vida não conseguiria mais ouvi-la.

Dito e feito. No dia seguinte, ao acordar, levantou da cama em um salto, sem lembrar dos próprios sonhos, e esbarrou em uma caixa. Com os olhos orientais de quem acaba de acordar, ajoelhou e encontrou um embrulho. Dentro estava aquilo que ela mais tinha querido, mas por fora, antes de rasgar o papel, um barbante passava pelo furo de um bilhete escrito "Ainda quer isso?".

Desde então, a menina não respondeu mais e passou a ter tudo que queria.

Aquário de rodas

Ele estava vendo o mesmo filme pela terceira vez. Tinha algo ali da liberdade que não conhecia. Desde pequeno, descobriram uma dificuldade nas suas pernas. Na época de engatinhar, continuava no colo e assim ficou. Quando fez 11 anos, ganhou a primeira cadeira de rodas.

Vivia trancado em casa, sem vontade de sair. No segundo andar de escadas ficava praticamente o dia todo, deitado ao lado do peixinho vermelho que ganhou de Natal. A casa estava vazia nesse dia, enquanto os pais estavam no mercado, ou algo que ele não entendeu no meio dos tiros do filme. Era cedo, o sol ainda estava gelado.

Fechando os olhos na terceira cena, ouviu uma voz diferente das dubladas no filme. Perto do seu ouvido, bolhas de ar subiam no meio das plantas artificiais do pequeno pote na cabeceira. O peixe murmurava algo. Pedia para visitar o rio que dividia a casa da rua.

Sem entender, o menino segurou o pote e encostou as lentes dos óculos no vidro do pequeno aquário. O peixe insistia. Esticou para a cadeira de rodas e tentou descer os primeiros degraus da escada. Com uma mão abraçava a água do peixe, e com a outra, intercalava com o corrimão e o pneu fino da cadeira. Desceu quase que direto para a porta da varandinha de samambaias. Virou o peixe apático no riacho e voltou para continuar o filme.

A mãe, que entrava com sacolas cheias de garrafas, enquanto o pai fechava o carro, nem acreditou ao ver o menino subir as escadas molhadas e sem a cadeira.

Com amor

Tenho oito minutos para escrever isto. Enquanto o piano e o violino tocam, me despeço da música dos instrumentos, da natureza e da vida aqui na Terra. Foram anos difíceis aqui dentro. Vi crianças saindo logo cedo, alguns mais velhos, e fui ficando para trás. Agora é Natal e, na sala, só estou eu, a árvore que pisca, este papel e esta caneta.

Talvez demorem para perceber que eu estou aqui, mas imagino que já será dia. Talvez seja você, Lucia, que esteja lendo isto. Desculpa pelo susto. Quando tudo aconteceu, eu era bem pequeno. Nunca imaginei que viria parar aqui. Foi triste, minha mãe não merecia isso. Por azar, ainda falam que pareço com ele.

A música está acabando, eu acho.

Obrigado por cuidarem de mim até aqui. Obrigado por terem cuidado de todas as crianças que chegam. Feliz Natal.

A música continua.

Obrigado pelos doces e por ter tentado me levar para a sua casa hoje, apesar de toda a dificuldade. Com amor.

O violino agora toca. Parece conversar com o piano.

Mais tarde estarei com minha mãe. Vamos passar nosso primeiro Natal juntos. Assim como Lucas e Ruan, meus maiores amigos que o casal americano levou. Com amor. Lucia, obrigado. Agradeça ao Julio pelo presente que deixou quando entregou a água.

A música está demorando e estou ficando sem coragem.

Ainda tenho quase dois minutos. O violino me quer aqui.

Com amor, com amor, com amor, com amor, com amor, com amor, com amor, com amor, desculpa, me desculpem, estou bem, estarei melhor, com vocês pra sempre, com os meus para sempre.

Minha mãe, minha irmã.

J.W.G

Desacompanhados

O pai dele estudava ali perto da igreja, e ele ia junto. A mãe, já falecida, deixou os dois no apartamentinho de aluguéis atrasados. Conforme os anos iam se passando, ele ia ganhando mais confiança para andar pela faculdade.

Primeiro sentava no corredor, onde recebia cafunés dos professores de contabilidade, depois, ganhou a cantina com a televisão de som baixo, e mais para a frente, o jardim. Roçando a sola do tênis nas pedras úmidas, notava sempre uma luz acesa no prédio do outro lado da rua, apenas isso.

Por conta de uma aula que um dia não houve, prova que o pai sorriu ao saber do adiamento, agendaram para a uma tarde, uma semana mais para a frente. Nesse horário, muitas salas ainda estavam trancadas, mas os fins dos corredores eram menos assustadores.

Olhou para cima e viu dois olhos dentro de um capuz vermelho, que se esconderam ao serem flagrados. Curioso, caiu os olhos na recepção do prédio e notou enfileirados alguns seres com as mesmas roupas vermelhas que tentavam disfarçar de forma um tanto engraçada suas entradas no grande edifício espelhado.

Colocou, então, pela primeira vez os pés desacompanhados na rua e, com o coração saltitando, pegou a primeira escada que encontrou. Pelos degraus, cruzou com uma mulher careca que carregava desequilibrando várias xícaras e louças. Subiu sem portas para sair, até que chegou ao topo. Lá, os grandes encapuzados tomavam seus chás e conversavam, repetindo uma única e mesma palavra. Engatinhou por entre as pernas, mas engatou em uma das sandálias, e foi puxado de surpresa pela gola do casaquinho com estranha leveza. Ao ser indagado com um "glunck", teve a ideia de repetir o mesmo som. Todos da mesa ficaram pasmos.

O da ponta, então, levantou-se da mesa com dificuldade e trouxe um manto exatamente do seu tamanho, aos aplausos de todos. Tomaram chá com calma e depois, um a um, foram pulando lá de cima e entrando nas janelas de outros prédios mais abaixo. O menino, com medo de voar, desacompanhado pela primeira vez, tentou descer o máximo que pode pelas janelas, mas resvalou e foi parar no jardim do outro lado da rua.

Ao ser indagado pelo pai sobre o capuz, minutos depois, com a prova feita faltando uma questão, respondeu que tinha ganhado lá em cima do prédio de um grupo de "coisos" engraçados. Com os olhos contra o sol, olharam com dificuldade para o topo. O menino feliz e o pai pela primeira vez julgando com o canto da boca as histórias do menino; desacompanhados.

⋮

Te toco

Era uma cidade pequena, onde havia uma praça e um homem com um violão. Ele tocava para as árvores e, quando tocava para as árvores, elas dançavam para ele. O vento e sua dança eram uma coisa só.

Aos poucos, o som da música fez tocar outras árvores, que ficavam mais perto da rua e dos carros. Pessoas de suas janelas viram a dança e desceram as escadas até chegarem na praça. O homem continuava tocando e olhando para cima e, quando baixou os olhos para afinar uma corda, viu muitos olhos ao seu redor. Respirou fundo e continuou a tocar.

Do meio da multidão, em um som abafado, ouviu a voz de um, dizer que não estava gostando da música e que preferia a anterior. Uma mulher com uma bolsa sussurrou para ele fazer silêncio, mas seu sussurro também fez barulho. Então, um menino bem novo disse que todo mundo podia achar o que quisesse, mas as árvores continuavam dançando e o vento a soprar... e o homem, com seu violão, pensava no que pensar, se tocava, se olhava para as árvores, ou se agora olhava nos olhos de todos que chegavam cada vez mais perto.

Apontou o dedo para cima e, enquanto a multidão olhou para os galhos que dançavam, sussurrou camuflado nas cordas, que não estava tocando para ninguém, e sim com todos os presentes.

⋮

schjefferson

#ohmeudeux

editoraletramento
editoraletramento
grupoletramento

editoraletramento.com.br
company/grupoeditorialletramento
contato@editoraletramento.com.br

casadodireito.com
casadodireitoed
casadodireito

Grupo Editorial
LETRAMENTO